Le Substitut Du Diable

Soumeek Chowdhuri

Ukiyoto Publishing

Tous les droits d'édition mondiaux sont détenus par
Ukiyoto Publishing
Publié en 2023

Droits d'auteur sur le contenu © Soumeek Chowdhuri
ISBN 9789360163433

Tous droits réservés.

Aucune partie de cette publication ne peut être reproduite, transmise ou stockée dans un système de recherche documentaire, sous quelque forme que ce soit et par quelque moyen que ce soit, électronique, mécanique, photocopie, enregistrement ou autre, sans l'autorisation préalable de l'éditeur.

Les droits moraux de l'auteur ont été revendiqués.

Ceci est une œuvre de fiction. Les noms, les personnages, les entreprises, les lieux, les événements, les localités et les incidents sont soit le produit de l'imagination de l'auteur, soit utilisés de manière fictive. Toute ressemblance avec des personnes réelles, vivantes ou décédées, ou avec des événements réels est purement fortuite.

Ce livre est vendu à la condition qu'il ne soit pas prêté, revendu, loué ou mis en circulation de quelque manière que ce soit, sans l'accord préalable de l'éditeur, sous une forme de reliure ou de couverture autre que celle dans laquelle il est publié.

www.ukiyoto.com

Contenu

Prologue	1
Chapitre 1	3
Chapitre 2	12
Chapitre 3	21
Chapitre 4	29
Chapitre 5	38
Chapitre 6	45
Chapitre 7	50
Chapitre 8	58
Chapitre 9	67
Chapitre 10	74
Chapitre 11	80
Chapitre 12	90
Chapitre 13	97
Chapitre 14	102
Chapitre 15	108
Chapitre 16	117
Chapitre 17	125
Chapitre 18	129
Chapitre 19	144
Chapitre 20	149
Chapitre 21	154
Chapitre 22	159

Chapitre 23	168
Chapitre 24	180
Chapitre 25	187
Epilogue	204

Prologue

Il se réveille en sueur froide. Il ne s'est pas rendu compte qu'il n'avait pas dormi du tout. Il s'était retourné toute la nuit dans son lit, incapable de se sortir cette idée de la tête.

Ce n'était qu'un bout de papier qui représentait le rapport en couleur. Il était arrivé hier et lui avait ôté la paix pour toujours... non, il ne pouvait pas penser à cela. Certaines personnes sont des comploteurs par nature. Ils ne peuvent pas s'en empêcher, tout comme on ne peut pas changer de peau. C'est inhérent.

Il était l'un de ces comploteurs nés. Si quelque chose lui barrait la route, c'était sa voie ou l'autoroute pour cette personne.

Un plan était en train de se dessiner dans son esprit. Un plan cruel et diabolique. Il s'agissait de détruire les émotions de quelqu'un dont il savait qu'il l'aimait. En toute sincérité et de manière désintéressée. Mais il n'avait pas d'autre choix. L'autre côté, c'était la fin de la vie... la fin de l'âge d'homme pour lui. Ses pensées l'empêchaient d'accepter la vérité.

Il sortit le papier et l'enveloppe du sac. Il n'avait pas osé les sortir auparavant. Il l'a regardé... pour la dernière fois...

Il l'a déchiré en morceaux aussi petits que possible et l'a jeté dans la cuvette. Le travail étant fait, il s'allongea sur l'oreiller. Les étapes devraient être chronométrées à la perfection.

Il sortit son portable... le jeu commença. Il ne se laisserait pas abattre sans se battre. C'était l'instinct de tous les animaux et il n'était pas différent...

Chapitre 1

Voir son père brûler est un sentiment désagréable et triste, même si c'est en effigie. Le défilé aux couleurs de l'arc-en-ciel avait crié des slogans dans un langage des plus méchants. Il a éteint la télévision, c'était terrible de voir toutes ces images. Il a éteint la télévision avec dégoût et est sorti. Le dernier livre, "Sin", avait fustigé la communauté gay en attaquant la dépénalisation de l'article 377 et les répercussions avaient suivi. Il s'était attiré les foudres de la communauté LGBTQ, comme les éditeurs et l'auteur s'y attendaient et le souhaitaient. Pourquoi a-t-il choisi ce sujet sensible pour ses récits mythologiques, pensa Neil avec dégoût. Il n'avait jamais pu comprendre son père, un homme étrange, distant, peu aimant et hautain. Il avait remarqué que ce livre était d'un style différent des précédentes concoctions mythologiques de son père. Le livre prenait de l'ampleur, et il était prévu qu'il devienne bientôt un best-seller. Quoi qu'il en soit, ce qui est fait ne peut être défait. Il devait s'acquitter de ses obligations.

Il se prépara et partit pour l'hôpital. Le métro l'emmènerait rapidement.

Bientôt, il descendit les escaliers roulants. Il était 19 heures et les escaliers mécaniques qui conduisaient le flux incessant de l'humanité vers les entrailles de la terre, où se trouve la station de métro souterraine, étaient pleins à craquer.

L'une des centaines et des milliers de personnes qui se pressent dans le métro à cette heure de la journée, rentrant chez elles pour un repos réparateur. Son téléphone portable avait émis deux bips, mais les escaliers roulants étaient si bondés qu'il n'osait pas essayer de le sortir de sa poche. Il aurait pu tomber de sa main dans l'énorme cohue. Il a toujours été un homme prudent.

Au pied des escaliers roulants, il s'éloigna de la foule qui essayait de monter dans un train déjà surchargé.

Il regarda l'écran après avoir tapé le mot de passe. Rik ! Un message de Rik, après toutes ces années, faisait toujours battre son cœur. Il lut le message et manqua le train. Maintenant, il y aurait encore plus de monde... mais c'était une personne qu'il aimait. Aimée au sens propre du terme, c'est-à-dire sans qu'aucune relation physique n'ait été établie entre eux.

Rudra Neil Neogi, appelé Neil par tous ceux qui le connaissaient et même par ceux qui ne le connaissaient pas très bien, était aujourd'hui médecin dans un hôpital public, tandis que son camarade d'université, après avoir obtenu un diplôme de gestion, était entré dans une ONG où il travaillait en tant que consultant.

Même après toutes ces années de séparation, il était la seule personne qu'il aimait vraiment. S'il était honnête, il devrait également admettre qu'il était un peu anxieux lorsque des messages lui parvenaient de Rik. Dans la plupart des cas, l'amour véritable est associé à l'anxiété. L'amour fraternel, l'amour de l'ami ou celui que l'on s'évertue à nier et que l'on abrite pourtant avec la plus grande jalousie au plus profond de son cœur.

C'est une vérité douloureuse. On peut l'accepter ou non. L'acceptation n'est pas toujours facile, même pour soi-même.

***

Lorsque Ryan a demandé la reprise du service, un mois s'est écoulé sans réponse. Les autorités ont des doutes. Pourrait-il à nouveau supporter les contraintes du travail au service médico-légal après sa maladie ? Elles n'en étaient pas sûres, mais n'avaient aucun moyen de l'en empêcher. Il avait son certificat d'aptitude physique et le gouvernement lui avait accordé, à contrecœur, un congé sans solde. Il n'y avait aucun moyen de l'empêcher de rejoindre le service, mais il y avait de nombreuses façons de le transférer. Les gens avaient eu l'occasion de l'éloigner de Calcutta et l'avaient saisie.

Ils voulaient seulement qu'il se rétablisse complètement sans trop se fatiguer. Il avait été soigné pendant plus d'un an dans un asile psychiatrique. Ils se sont montrés compréhensifs et l'ont placé dans un nouveau collège médical qui démarrait dans la ville de Kurseong, dans la région des collines. Tout le monde s'accordait à dire que le climat et l'atmosphère s'avéreraient de grands guérisseurs. Les gens allaient dans les collines pour se rétablir, n'est-ce pas ?

Quinze jours plus tard, Ryan était assis sur un banc en bois devant le bureau du directeur de l'école de médecine de Kurseong, une chemise en plastique rouge à la main contenant tous les documents originaux. Ces vérifications de documents l'exaspèrent. Depuis l'époque où il était à l'école, à la faculté de médecine et au service, ils vérifiaient tout. Pourquoi ne pouvaient-ils pas accepter une vérification antérieure ? Il n'a jamais reçu de réponse à cette question.

Les coupures d'électricité sont fréquentes dans les collines et les ordinateurs ne fonctionnent plus. La plantureuse dame népalaise souriante qui occupait le poste de chef de bureau lui a conseillé d'aller se promener. Même une demi-heure plus tard, alors que le courant n'avait pas été rétabli, il est sorti, le dossier serré dans les bras. Il était terrifié à l'idée de le perdre avec tous ses témoignages originaux. La journée était rude et un vent froid soufflait. Ryan a enroulé son silencieux. Il avait une propension aux rhumes. Le ciel était gris et terne. Ce n'était pas un de ces jours où l'on tombe amoureux des collines.

Au coin de la rue, une petite boutique vendait du thé. L'odeur de l'elaichi chai flottait jusqu'à ses narines. Trop invitante en cette journée froide pour qu'il puisse y résister.

Il commanda une grande tasse et prit une énorme gorgée. C'était merveilleux.

Il est retourné au bureau une heure plus tard. Il était 13 heures. Tous les employés qui étaient venus localement étaient rentrés chez eux pour déjeuner.

Il a attendu près d'une heure et demie avant qu'ils ne rentrent en trombe.

Le courant était revenu depuis près d'une heure et Ryan craignait qu'il ne disparaisse à nouveau. C'était un phénomène capricieux, l'électricité. L'employé lui sourit. Il semble qu'il ait fait l'école buissonnière pendant un certain temps. Elle s'adresse au jeune employé en népalais. L'Inde est un pays aux multiples langues et cultures, ce qui se voit parfois même dans certaines parties d'un même État.

L'essentiel est qu'après beaucoup d'efforts, un morceau de papier a été imprimé. 9 copies, dit le jeune employé en tendant la main.

C'est une autre caractéristique des bureaux gouvernementaux du Bengale. Bien qu'il s'agisse du rapport d'entrée officiel, le bureau ne fournissait qu'une seule copie sur les dix requises. Vous deviez le faire photocopier vous-même. Aucun bureau n'acceptait de le faire avant que vous n'ayez établi une bonne relation.

Ryan le savait pour avoir étudié et travaillé dans ces instituts. Il est sorti et a vu qu'il commençait à pleuvoir. Dans les collines, ces bruines sont toujours traîtresses. Il avait avec lui son précieux dossier qu'il était terrifié à l'idée de mouiller.

Il est retourné au bureau.

Il pleut dehors, madame. Pouvez-vous, s'il vous plaît, le faire photocopier ici ?

La plantureuse dame a levé les yeux, très surprise. C'était comme si on lui avait demandé quelque chose d'inouï. Monsieur, il pleut toujours ici". Pas d'autorisation de photocopie ici".

Ryan connaissait ce type de fonctionnaire. Inefficace, officiel, mais politiquement si bien connecté que toute leur vie professionnelle se déroulait dans un rayon de quelques kilomètres autour de leur domicile.

Il n'y avait pas lieu de discuter davantage, car il était 15h15 et le personnel allait bientôt commencer à partir. Quelques-uns cherchaient déjà leurs parapluies et leurs imperméables. Ryan sortit et, mettant le dossier sous son bras, essaya de courir jusqu'à la place du marché principale où il avait vu un magasin de photocopies.

Il était quatre heures moins dix lorsqu'il revint trempé au bureau. Le bureau était déjà à moitié vide. L'employé subalterne attendait, l'air dépité.

Vous êtes très en retard. Madame est partie et monsieur le directeur est également sorti. Revenez demain. Il se leva, prit son sac et partit.

Ryan est resté en plan. Il n'a pas pu remplir un simple rapport d'intégration alors qu'il était arrivé à près de 11 heures du matin.

Ceux qui pensent qu'il s'agit d'une exagération n'ont probablement jamais fait l'expérience de l'entrée dans un bureau gouvernemental. Ryan a pris son sac et s'est dirigé en silence vers la porte de sortie pour chercher un hôtel où passer la nuit. Il bruinait encore et, à en juger par son aspect, il continuerait probablement à bruiner toute la soirée.

***

Si les visites à la clinique de stérilité s'étaient avérées efficaces, les choses auraient probablement été différentes. Mais ce n'était pas le cas. L'espoir était venu, puis avait disparu avec les saignements de chaque période.

Il ne voyait pas beaucoup de douleur dans les yeux de Shreya, ce à quoi il s'attendait. Elle était indifférente, voire heureuse. Sa silhouette et sa carrière comptaient beaucoup plus pour elle. Il était beaucoup plus bouleversé et une tristesse nostalgique restait dans ses yeux. Outre la pression familiale, il y avait son amour pour les enfants. Il les aimait tout simplement et voulait en avoir à son tour. Il y avait eu d'innombrables disputes avec Shreya au cours de leurs premières années de mariage à ce sujet, mais Shreya était restée impassible. Sept ans après leur mariage, ils n'avaient toujours pas d'enfant et lorsque Shreya avait finalement accepté, la conception avait échoué. Encore, et encore, et encore... d'où les visites à la clinique.

Il s'était souvenu avec tendresse de son vieil ami, mais leur relation s'était étiolée, comme c'est souvent le cas lorsqu'on est séparé par la distance. Il y avait bien sûr des exceptions, comme toujours.

Mais il s'était un peu plus attaché à lui. Les choses semblent tellement meilleures lorsqu'elles sont loin que lorsqu'elles sont proches... c'est probablement une chose sur laquelle nous sommes tous d'accord.

***

Le nom fait vendre dans le monde, une fois qu'il a fait son effet, bien sûr, mais pas avant. Le nom de Dhrittiman Neogi était un nom avec lequel il fallait compter dans le domaine de la fiction. En particulier les romans basés sur des personnages mythologiques. Ses livres se vendaient comme des petits pains. Ses attaques contre les éléments enracinés du dharma, bien connues et assez virulentes, étaient populaires auprès d'un groupe particulier de lecteurs. Dans un pays immense, si vous parvenez à toucher ne serait-ce qu'une infime partie de la population, votre livre devient un best-seller. Dhrittiman a réussi à toucher plus qu'une infime partie de la population, les lecteurs de son genre sont de plus en plus nombreux et il est devenu un auteur de best-sellers. Egoïste, célébré et insulaire dans ses opinions, il était encensé par un groupe particulier de personnes et Neogi, bien que très perspicace dans d'autres domaines, était assez obtus lorsqu'il s'agissait d'être félicité. Il les acceptait comme étant toujours sincères et s'enorgueillissait comme le fait un paon fier de l'être.

Il vivait la majeure partie de l'année dans une belle maison située dans un endroit obscur appelé Bagora, à dix kilomètres de Kurseong, à une altitude similaire à celle de Darjeeling, entouré par la beauté immaculée des collines et des grands arbres à feuilles persistantes. Une vie d'écrivain presque typique, soutenue dans cette vie classique par sa belle-sœur qui avait consacré toute sa vie à la cause de Neogi après la mort de sa sœur en couches. Neil, le fils unique de Neogi, a été pratiquement élevé par elle seule et elle le considérait comme son propre fils. Tous ses instincts maternels et la mère qu'elle n'aurait jamais pu être ont été prodigués à Neil. Aujourd'hui, elle attend avec impatience le retour de Neil à la maison pour les vacances, une période de fête pour tout le monde. Dhrittiman Neogi n'était jamais expansif, mais il était évident qu'il était heureux lui aussi. Il aimait son fils plus que sa vie, un fait connu de Sanyal mais pas de tout le monde. Dhrittiman, qui exprimait magnifiquement ses émotions dans ses écrits, n'était pas aussi lucide lorsqu'il s'agissait de les exprimer aux gens.

***

Chapitre 2

Il redoutait ce message depuis des jours. Il avait surveillé attentivement sa boîte de réception et comme aucun message n'était arrivé, il avait été secrètement soulagé. Soulagé parce qu'il était aussi un homme marié. Sa femme essayait souvent de vérifier son téléphone, une habitude qu'il détestait mais contre laquelle il ne pouvait rien. La relation avec Neil se situait absolument sur un autre plan que sa femme, Shreya, ne comprendrait jamais, il en était sûr. Elle ne comprenait l'amour que sur le plan physique et rien au-delà.

Elle était étroite d'esprit et méfiante malgré toutes ses belles paroles. Il l'avait épousée sous la pression de sa famille et de la société, qu'il craignait tous deux, mais qu'il répugnait à accepter. On dit que le véritable amour n'arrive qu'une fois. Il ne savait pas si c'était vrai, mais il aimait Neil. Il ressentait pour lui un désir qu'il n'éprouvait pour personne d'autre. Il pensait avoir fermé son esprit à l'amour, mais il comprenait maintenant que la flamme était restée allumée sans perdre de son intensité.

Ce message anodin avait ravivé les émotions. En un instant, tout lui était revenu. L'époque de l'université, l'époque de l'attention passionnée et rien de moins que l'amour, si tant est que l'on puisse appeler ainsi quelque chose d'aussi légèrement physique.

Ils étaient comme des amants et les commentaires tangents venaient des camarades de classe et des juniors. Leur relation n'a pas changé. Puis Rik a dû retourner dans l'Haryana, son lieu d'origine, et même alors, les contacts réguliers se sont poursuivis... les appels quotidiens et les inquiétudes de Neil qu'il trouvait parfois fatigants. Mais il l'aimait à sa façon et rien de ce qu'il disait ne pouvait changer Neil.

Ils commencèrent à discuter une fois par semaine, puis plus fréquemment, jusqu'à ce que cela redevienne une habitude. Les discussions étaient toujours teintées d'une touche d'attention et d'amour pur qui faisait que Rik se sentait à nouveau adoré. Il se sentait bien. Il ne pouvait pas le nier.

Il n'a pas parlé directement de son mariage et a juste laissé entendre que les choses n'allaient pas très bien. À son grand soulagement, Neil n'insista pas. C'était un autre de ses traits de caractère qui le rendait attachant. Neil était toujours aussi sensible.

La vérité que Rik nie à tout le monde est amère. Le mariage n'avait pas fonctionné du tout et Shreya était trop possessive pour lui accorder le divorce.

Ce message l'invitant à se rendre au cottage ancestral de Neil à Bagora pourrait bien le sauver, lui et sa santé mentale. Il ne pouvait pas continuer ainsi. Il accepte. Il se rendrait à Bagora pendant les célébrations du jubilé d'écriture du père de Neil.

***

Dhrittiman Neogi était un homme qui aimait et n'aimait pas beaucoup. Il n'a jamais essayé de les dissimuler, que ce soit dans ses écrits ou dans sa vie personnelle. C'est ce genre d'écriture partiale qui lui a valu ses prix littéraires et ses romans se sont souvent retrouvés sur la liste des meilleures ventes. Lorsque sa sœur lui a parlé de Neil et de son ami, Dhrittiman s'y est opposé. Il y avait déjà trop d'invités.

Sa sœur, qui dirigeait la maison, insista sur le fait que Neil avait stipulé qu'il devait être autorisé à amener son ami, faute de quoi il ne pourrait pas venir. Il aimait bien son fils qui était médecin et qui avait fait la fierté de la famille. La fierté de la famille passe avant tout.

Il demanda qui était cet ami. Il connaissait le nom de Rik. Pendant les vacances d'été du collège, il avait visité Bagora avec Neil. L'écrivain l'avait immédiatement pris en grippe. Ses horaires tardifs, son manque de discipline et son attitude quelque peu complexe avec son fils, qu'il ne comprenait pas, l'avaient complètement irrité. Il était furieux d'entendre ce nom après toutes ces années. Sa sœur a essayé de l'apaiser. Les temps avaient changé et les années avaient passé. Rik, qui était marié depuis quelques années, avait sûrement changé lui aussi.

L'annonce de son mariage sembla apaiser Dhrittiman qui accepta de l'accueillir dans la maison. Est-ce que la femme va venir, demanda-t-il ? Neil n'avait rien dit, mais peut-être viendrait-elle. Elle lui poserait la question plus tard.

Mieux valait ne pas provoquer pour le moment. Il savait que la provocation pouvait souvent s'avérer dangereuse.

***

Rik n'a jamais eu assez d'argent. Comme la plupart des gens qui dépensent trop et ne gagnent pas assez, il était toujours à court d'argent. Il avait un emploi, mais il s'agissait d'un emploi de cadre qui ne lui permettait pas d'obtenir le salaire qu'un médecin en exercice aurait pu avoir. Il devait faire semblant d'être riche et heureux, ce qui l'amenait à voyager à l'étranger, réduisant ainsi ses revenus. Heureusement, Shreya avait un travail et tenait les cordons de sa bourse serrés, de sorte que la famille pouvait continuer à dépenser pour ses besoins de base. Shreya a parfois envisagé qu'un bébé pourrait être une période difficile pour les finances. Rik rit et dit que l'argent viendra, mais il n'a jamais dit d'où et comment. Juste avant de partir en vacances, il s'est encore offert une paire de chaussures de luxe et une veste en cuir. Le salaire d'un directeur de l'administration de la santé ne permettait pas de satisfaire des besoins aussi extravagants. Les billets d'avion et les déplacements à l'époque où les vols étaient chers ont creusé un trou dans les finances du mois. Le mari et la femme se sont disputés à ce sujet, ce qui a conduit le mari à se rendre dans une boîte de nuit onéreuse et la femme dans un centre de villégiature, ce qui a encore grevé les finances.

***

Il était son père et faisait donc son devoir. C'est ainsi qu'il voyait les choses. Il était de son devoir d'assister à la réunion de famille lors des célébrations de son jubilé à Bagora, où ils possédaient une maison ancestrale. Chaque année, à l'automne, tous les membres de la famille s'y rendaient pour faire plaisir à Dhrittiman Neogi, l'auteur primé au niveau national. La remise des prix a suscité une vive controverse. Des rumeurs d'influence politique et de volonté du régime en place de promouvoir son type d'écriture. Mais tout compte fait, il a réussi et s'est enrichi. Deux éléments qui couvrent bien des carences dans le monde, pensa-t-il avec amertume. Il avait grandi loin de son père, dans une école de Kolkata, chez sa tante, la sœur de son père, jusqu'à ce qu'elle se lasse de lui et l'envoie à l'auberge.

Son père n'était jamais intervenu et son seul rôle était d'envoyer l'argent nécessaire pour lui. Son enfance et sa jeunesse ont été sans amour et, une fois devenu homme, il est resté célibataire. Il était cependant en âge de se marier. 30. Il était médecin et avait un emploi dans la fonction publique. Des qualités recherchées par de nombreuses filles et leurs pères. Il effectuait son service de nuit et naviguait sur son téléphone portable lorsqu'une idée soudaine lui vint à l'esprit. L'épidémie faisait toujours rage et Delhi était gravement touchée. Son ami le plus proche, quelqu'un qu'il aimait beaucoup, était resté à Delhi et ils ne s'étaient pas parlé depuis trois mois. Le mariage de Rik avait tout changé. C'était dans sa nature de s'enthousiasmer très vite pour quelque chose et soudain, une tension l'a saisi. Rik allait-il bien ? Pourquoi ne l'avait-il pas appelé ou ne lui avait-il pas envoyé de message depuis si longtemps ? Il regarda l'horloge sur le mur de l'unité de soins intensifs. Il était 3h45 du matin. Shreya, la femme de Rik, était très méfiante. Ce n'était pas le moment d'appeler. Il a envoyé un message sur WhatsApp. Mais maintenant, il devait attendre la réponse... son service de nuit ne semblait pas se terminer maintenant, dans son impatience.

***

Il était furieux. Il se sentait floué après toutes ces années de travail et de dévouement. Qu'est-ce qu'il n'avait pas fait pour lui ? Et pourtant, il avait été traité de façon minable. Il claqua la porte et se jeta sur le lit en luttant contre les larmes. Les grands garçons ne pleurent pas... pourquoi ne pleurent-ils pas ? N'était-il pas préférable de pleurer plutôt que de garder tout cela refoulé ? De retour dans sa chambre, il essaya de se souvenir de ce qui s'était passé. Jusqu'à l'entretien d'aujourd'hui, il avait gardé un certain respect pour cet homme. Mais aujourd'hui, il savait ce qu'il valait vraiment aux yeux de l'autre. On dit qu'il vaut mieux connaître la vérité. Mais alors pourquoi se sentait-il si mal ?

Pour la première fois, il avait répliqué à son patron. Il l'avait menacé. Il n'arrivait presque pas à y croire lui-même. Mais il avait été poussé dans ses retranchements. Jour après jour, mois après mois, assurance après assurance, rien de vraiment efficace. Il savait qu'il avait le talent de base pour devenir un bon écrivain. C'est pourquoi il était venu à Bodhisattva Neogi. Pour affiner ses talents. Pour devenir le diamant poli qu'il souhaitait devenir. Et oui, pour obtenir les liens et les contacts du monde de l'édition. Il savait qu'il n'était pas facile pour un auteur débutant de publier un roman seul. Il avait offert ses services au cours des trois dernières années dans l'espoir d'être enfin récompensé par une recommandation de Neogi à un éditeur de premier plan. Mais rien n'y a fait. Ses écrits plus mûrs avaient produit deux best-sellers et un prix national pour Neogi, mais rien n'était venu sur ses genoux. Rien, si ce n'est un peu d'argent qu'il aurait volontiers jeté par les fenêtres pour faire reconnaître son talent.

Mais il en avait assez. En termes très clairs, il a fait comprendre à Neogi que si cela continuait, il irait voir les médias et dévoilerait l'histoire de ce roman primé écrit par lui et plagié par Neogi. Cela ruinerait Neogi à coup sûr... il s'était moqué de lui.

***

L'ouverture du journal lui a fait l'effet d'une bombe. Lorsque quelque chose est profondément ancré dans notre esprit et dans nos pensées pendant un certain temps, cela se manifeste souvent dans les choses qui nous entourent. Les choses que nous craignons le plus surgissent sous une forme ou une autre pour nous hanter.

C'était un exemple classique du genre. Bagora, son foyer, sa relation homosexuelle et son acceptation par la société actuelle étaient au centre de ses préoccupations depuis un certain temps. Sur le papier journal, il y avait les deux mots : outrage aux homosexuels à Bagora.

Il n'aurait jamais cru qu'un petit village comme le sien puisse être publié dans un journal régional. Il n'existait dans le monde que pour une poignée d'habitants. Il y a beaucoup d'endroits comme celui-ci sur terre. Personne ne les connaissait.

La deuxième partie était encore plus incroyable. L'indignation des gays. Il était rentré tard hier et n'avait pas allumé la télévision. Deux garçons de l'internat de Blooms revenaient apparemment du marché dans la soirée. Ils étaient tombés dans une embuscade tendue par un groupe d'hommes près d'un tronçon de route désert et avaient été blessés. Il ressort de leur plainte qu'ils entretenaient une relation annoncée qui avait été menacée à plusieurs reprises. Les plaintes déposées auprès des autorités scolaires ont été accueillies avec froideur et dédain. Il a été dit que la police enquêtait sur l'affaire. Une petite nouvelle glissée dans le coin d'une page intérieure. La plupart des gens ne l'auraient pas remarqué, sauf s'ils étaient intéressés par le nom du lieu ou les relations homosexuelles.

Ce qui n'était pas le cas de la plupart des gens. Les gays restaient ce qu'ils étaient pour la société. Ils étaient mêlés à l'amusement, aux plaisanteries et au dédain dans leurs attachements émotionnels. Personne ne pensait qu'il était important de les traiter avec sensibilité.

Neil se sentait bouleversé. Il ne pouvait pas supporter d'aller à l'hôpital aujourd'hui. Quelque chose s'est retourné en lui. Une douleur déchirante. Lorsque vous faites partie d'un groupe qui ne peut même pas parler ouvertement de votre orientation, vous souffrez continuellement.

Ce n'était pas un État taliban comme l'Afghanistan, où le fait d'être homosexuel était passible d'une condamnation à mort, mais c'était mieux ainsi, pensait-il parfois.

Au moins, la peur de la mort vous inculque un réflexe de fuite protecteur. Vous pouviez essayer de fuir vers un endroit où l'acceptation n'était pas aussi stricte. L'abolition de l'article 377 n'a rien changé. Les gens et leur mentalité n'ont pas changé en Inde. Ils sont devenus moqueurs et positivement insultants plutôt que de vous tuer. Parfois, la mort valait mieux que ces railleries. Son propre père a beaucoup écrit sur ce sujet. Homophobe notoire, il les a attaqués sur toutes les tribunes connues, avec le soutien du régime en place.

Il n'y avait qu'une vie, et il était intolérable de la passer ainsi.

La mâchoire serrée, il prit une décision. Il allait agir avant qu'il ne soit trop tard.

***

Chapitre 3

L'internat Bloomsbury a commencé son parcours en 2010. Comme beaucoup d'autres écoles privées situées dans les environs immédiats de Darjeeling et de Kurseong, il dépendait de l'enseignement de vieilles politesses britanniques qui ne sont plus utilisées, même dans leur pays d'origine. La qualité de l'enseignement était au mieux médiocre et plus souvent bâclée. Mais les étudiants apprenaient les bonnes manières à table et le snobisme, deux choses qui doivent être apprises et qui ne sont pas inhérentes à notre personnalité.

L'auberge était grande car il s'agissait d'un pensionnat. L'école avait été créée à cet endroit sous la pression des officiers de l'armée de l'air qui étaient affectés à la base aérienne.

Il a survécu grâce à l'afflux de gosses riches venus des quatre coins de l'État et des États et pays environnants. L'éducation pouvait être achetée au prix de l'argent. Cela n'a jamais été un problème. Dans n'importe quel pays, l'argent permet d'acheter des choses. Le mérite n'a qu'une seconde chance. Kashif Ansari était un gardien qui s'occupait du foyer principal des garçons où logeaient les étudiants les plus âgés. Il était dans leurs petits papiers en ne les empêchant pas de faire ce qu'ils voulaient et en leur permettant de s'adonner à certains plaisirs si désirables à cet âge. Il ne les fournissait pas gratuitement, bien sûr, et s'en était fait un joli paquet. Il avait organisé une rencontre avec les gardiens de la loi et l'un des étudiants audacieux et désespérés originaire du Népal.

L'appel nocturne l'avait troublé. Il était inattendu. L'officier était très prudent à ce sujet. Il devait venir voir le responsable le lendemain matin. Il ne pouvait pas divulguer les détails. Kashif, qui connaissait bien les méthodes de la police, avait l'impression que tout cela était mystérieux et louche.

Kashif Ansari savait qu'il devait partir. Le fait que la police l'ait convoqué en vertu d'une loi particulière ne changeait rien à l'affaire. La police était un ennemi redouté si vous n'aviez pas de relations. Ils pouvaient vous arrêter, vous détenir et vous harceler jusqu'à ce que vous obteniez un sursis devant un tribunal, ce qui prenait souvent du temps. Kashif pensait qu'il en serait toujours ainsi dans ce pays. Il connaissait bien le CO local. Un homme partial qui avait des préférences et des aversions. Ses aversions étaient souvent basées sur la caste, la croyance et la religion. Kashif sourit en lui-même. Il ne serait jamais dans les petits papiers de l'officier. Il en était sûr, à tout le moins.

***

Officier responsable du poste de police local, Sudhanshu Chatterjee était originaire de Kolkata. Il attendait impatiemment d'être muté dans un endroit plus proche de chez lui. De nombreuses demandes ont été envoyées, mais rien ne s'est passé. Il était un brahmane hindou dévot et sa chambre était tapissée d'images de nombreux dieux et déesses qu'il priait tous les jours. Il faisait l'aarti avec des bâtons d'encens à la main, ce qui prenait environ une heure avant de commencer à travailler chaque jour, lorsque l'agent de police l'a salué et lui a dit que Kashif Ansari était ici. Sudhanshu était irrité. Qu'est-ce que cet homme voulait encore ?

Demandez-lui d'attendre. dit-il avec arrogance. La police peut se permettre d'être arrogante. Après tout, ils ont le pouvoir. Le pouvoir de harceler, voire plus...

L'agent salua et s'en alla.

Il réfléchit à ce qu'il allait dire à ce directeur qui n'avait pas maîtrisé la situation. Une enquête sur le rapport qu'il avait reçu pourrait causer des ennuis... de gros ennuis.

Il ouvrit le porte-tiffin en acier et ce qu'il vit lui fit chaud au cœur. L'hôtel avait préparé un bon déjeuner pour aujourd'hui. Kachori, navratna dal, aloo dam et pickles. Ce serait un bon déjeuner aujourd'hui.

***

Hakuyo Inc. était à l'origine chinoise, bien qu'elle ait opéré à partir de Singapour. Cette décision est probablement due à des questions liées aux relations internationales entre les pays ainsi qu'à des questions fiscales. La société était enregistrée à Singapour. Son principal domaine d'activité était l'extraction de terres rares, du moins c'est ce qu'elle disait, mais elle investissait l'argent dans des cliniques de stérilité, qui servaient également d'intermédiaires pour les couples riches à la recherche de mères porteuses. Le Népal et

Darjeeling étaient tous deux des centres touristiques réputés et une clientèle nombreuse venait du monde entier pour faire du tourisme. Le Népal était facilement accessible par la route depuis Darjeeling et constituait la principale zone d'activité. Les règles étaient laxistes et le gouvernement répugnait à agir contre toute entreprise qui y investissait un capital, surtout si elle avait des antécédents chinois, car le gouvernement était sous la coupe des Chinois, sur le plan économique comme sur d'autres plans.

De nouveaux sites à fouiller où l'on pourrait obtenir des terres rares. Des informations sont parvenues à leur bureau en Inde selon lesquelles une zone proche de Bagora pourrait être explorée. Bagora est un petit village situé dans les collines de Darjeeling, près de Kurseong. Il comptait quelques centaines d'habitants, répartis de manière éparse, et était entouré de collines imposantes recouvertes d'une forêt verte de conifères et d'arbres à feuilles persistantes.

La verdure était d'une teinte profonde, proche du jade. L'altitude était plus élevée que celle de Darjeeling et l'endroit était idyllique.

Nitin Agrawal était le chef du bureau de Kolkata et il s'est précipité sur place sur les instructions de son patron en sautant dans le prochain vol disponible pour Bagdogra. Il devait s'occuper de quelques affaires urgentes à Siliguri avant de s'envoler pour Katmandou. C'est là que se trouvent les principales cliniques. Les lois étaient plus simples et il était facile d'obtenir des clients rentables, c'était un lieu de tourisme et de nombreux touristes internationaux s'y rendaient régulièrement. Un pays pauvre qui n'a pas d'économie à proprement parler est une cible vulnérable pour obtenir des mères porteuses en détournant légèrement les lois à un coût bien moindre. Ces cliniques géraient l'activité et percevaient une somme forfaitaire en guise de bénéfice.

***

Dans un pays comme l'Inde où les universités d'élite sont peu nombreuses et les étudiants nombreux, les étudiants qui entrent dans ces universités d'élite se distinguent souvent par leur snobisme et leur intelligence. C'est comme si les deux allaient de pair, l'éducation qui est censée engendrer l'humilité faisant exactement le contraire. Kush était l'un de ceux qui avaient été admis dans l'un de ces établissements d'élite et il méprisait presque tous ceux qui se trouvaient dans son entourage. Il n'avait que peu de respect pour l'auteur aux célébrations du jubilé d'argent duquel il allait assister. Mais il n'avait pas le choix. Sa petite amie devait y aller et il devait donc l'accompagner. Madhu ne se laissait pas faire.

***

L'appel vidéo est arrivé juste au moment où Rik allait prendre une douche après son jogging. C'était Neil.

Bonjour... tout est prêt ?

Oui, mais écoute Rik, nous devons lui rendre visite.

Rik le regarde avec des yeux gris pénétrants... l'appel vidéo a ses inconvénients.

Ne me regardez pas comme ça. C'est vrai que c'est un vieil homme et que je dois parfois faire preuve d'humour à son égard.

Rik sourit. Oui, et très riche, n'est-ce pas ? L'argent compte, on oublie souvent de l'ajouter. Si les choses se passent comme nous l'espérons, je ne le sais pas encore avant de vous rencontrer, nous aurons besoin d'argent. Nos types ont besoin d'argent... surtout si nous voulons une mère porteuse".

L'Inde n'est pas le pays idéal pour cela, vous le savez, n'est-ce pas ? Mais c'est un homophobe notoire. Est-ce qu'il donnera l'argent ?

C'est mon père, Rik, et il m'aime. Tu oublies qu'il appartient à une autre génération. On ne s'attend pas à ce qu'il ait des idées progressistes sur ces choses-là.

Rik reste silencieux.

D'accord, nous pourrons en discuter après notre rencontre. On ne sait jamais ce qu'est la compatibilité tant qu'on n'est pas de nouveau proche. Ok, bye.

L'appel est coupé. Neil, l'esprit plein de pensées, essaya de lire un livre mais trouva l'intrigue mince. Les intrigues le sont souvent quand on les compare à la vie... elles donnent lieu aux plus grandes intrigues.

***

Si Neil a vu quelqu'un s'occuper de lui dès l'enfance, c'est bien sa tante maternelle, Sreetama Sanyal. C'était de l'amour et de l'attention. Les deux vont souvent de pair et dans ce cas, il n'y avait aucun doute. Sreetama était une jeune femme, tout juste sortie de l'université lorsque Neil est né et que sa propre sœur, la mère de Neil, est morte à l'accouchement. Une hémorragie post-partum, disait-on. Son père s'est éloigné de l'enfant, lui reprochant sans doute secrètement la mort de sa femme. C'est du moins ce que pense Neil.

Sreetama a tout abandonné, ses études, sa carrière, son désir de se marier pour son neveu. Son apparence, qui était superbe à l'époque, s'est estompée. Elle a vécu une vie de nonne et s'est occupée seule du garçon qui atteignait l'âge difficile de l'adolescence lorsqu'il a été envoyé dans un célèbre pensionnat de Kolkata.

C'est elle qui l'a aidé à combler les grands espaces laissés vacants par l'absence de sa mère et la réticence de son père. C'est pourquoi il adorait sa tante, la vénérait presque.

Les gens oublient rarement ceux qu'ils aiment depuis leur berceau ou ceux qui les ont aimés, une impression éternelle reste, quoi qu'il arrive dans la vie future.

Il savait que la vieille dame attendait sa visite avec des yeux desséchés et que cela lui briserait le cœur s'il n'y allait pas. Cela lui faisait mal au cœur d'imposer la condition que son ami l'accompagne, sachant bien que son père, qui détestait Rik, pourrait refuser, mais il était sûr que Sreetama, qui dirigeait vraiment la maison et prenait les décisions aux Pins chuchotants, trouverait un moyen de sortir de la crise et d'amener l'auteur cauteleux à la voir, elle et son point de vue.

Le nouveau livre "Sin" suscitait une vive controverse, même près de la maison de l'auteur, près de Bagora, et des rassemblements contre ce livre avaient eu lieu dans les trois subdivisions de Darjeeling, Kurseong et Kalimpong. L'incendie semblait enfin proche... était-il encore plus proche que l'auteur ne le pensait ? Eh bien, il ne connaît pas encore la réponse. Rik était capricieux et inconstant ; on ne pouvait pas le prendre pour argent comptant ni lui faire entièrement confiance. Il avait décidé d'y aller, sa tante lui avait dit que de nombreux invités seraient présents pour le jubilé de son père. Il n'aurait pas besoin de se rapprocher de son père, chose qu'il n'a jamais vraiment appréciée ou avec laquelle il ne s'est jamais senti à l'aise ; les impressions de l'enfance sont réciproques.

***

Chapitre 4

Si quelqu'un avait demandé à Neil pourquoi il voyageait en train alors qu'un vol était disponible, il aurait donné une excuse quelconque, mais la vérité, c'est qu'il était terrifié à l'idée de prendre l'avion. Il n'avait pas quitté Kolkata pour un travail plus lucratif dans le seul but d'éviter de prendre l'avion régulièrement.

Il était assis dans la première classe du Darjeeling mail dont le départ était prévu à 22h10. Il y avait une énorme agitation à l'extérieur, sur le quai. Les porteurs et les passagers se bousculaient avec les marchands ambulants qui vendaient de tout, des bouteilles d'eau aux articles de toilette en passant par les gobelets d'eau.

L'ambiance en première classe est différente. Les gens se présentent rarement et parlent rarement comme dans les classes inférieures. Il y a un air d'élitisme chez eux, qui n'est pas dit mais qui est clairement exprimé.

La climatisation fonctionnait, ce qui constitue une autre différence avec les autocars à 2 ou 3 climatiseurs, où la climatisation est allumée beaucoup plus tard. Les gens paient manifestement plus cher, ce qui est le cas partout dans le monde.

Neil s'installe dans sa couchette inférieure. Son co-passager n'est pas encore arrivé, mais il prie pour que ce soit quelqu'un de jeune. Les personnes âgées ont tendance à s'attendre à ce qu'on leur cède leur couchette inférieure. Neil a toujours préféré une couchette inférieure, mais il était trop poli pour refuser si on lui demandait de l'échanger.

Il sortit un roman de son sac à bandoulière qu'il transportait avec sa valise. Il gardait toujours l'essentiel dans son sac à bandoulière. C'était pratique.

Il était 9 h 55 lorsque son co-passager arriva en soufflant avec deux grosses valises et un énorme sac porté par un porteur. Il n'était pas trop vieux, mais il était très gros et la peau pendait de ses yeux dans des poches lâches. Neil, qui n'aimait pas la laideur sous toutes ses formes, était silencieusement dégoûté.

Il y a des gens qui voyagent d'une manière qui semble suggérer qu'ils possèdent tout le wagon.

Il semblait être l'un d'entre eux. Neil, qui voyageait léger, détestait ce genre de personnes. Il n'avait pas de chance. Il détourna le visage et regarda à l'extérieur de la vitre.

Au moment même où il traversait la fenêtre se trouvaient deux de ses cousins. Ils portaient leurs bagages et couraient. Le train allait bientôt partir. Il tira son rideau pour éviter qu'ils ne le voient... il avait une énorme aversion pour ces deux-là, comme la plupart d'entre nous pour les membres de sa famille.

Excusez-moi. C'était le gros homme. La demande tant redoutée allait arriver. Il en était sûr...

***

Le vol était prévu dans deux jours. La rencontre avec la personne qu'il avait vraiment aimée était imminente. Il était excité et légèrement nerveux s'il disait la vérité. Mais il n'accepterait jamais de le dire à qui que ce soit, surtout pas à Neil. Il ne pouvait pas accepter sa faiblesse. Il n'avait pas de faiblesses. C'est ainsi qu'il était fait et qu'il faisait ressentir aux gens ce qu'il ressentait.

Il faisait une pause dans son mariage qui n'avait pas fonctionné. Il ne le fuyait pas. Si quelqu'un pensait qu'il s'enfuyait, c'était un imbécile. Il avait du courage et de la conviction dans ce qu'il faisait. Il essayait simplement de s'éloigner et d'arranger les choses.

Il commença à mettre des vêtements et des habits d'hiver dans une grande valise. Ce séjour pourrait s'avérer assez long. Il devait s'y préparer.

Après leur dernière dispute, Shreya était partie chez une cousine. Selon lui, elle était l'influence corruptrice dans la vie de Shreya. Mais Shreya adorait cette cousine éloignée, féministe notoire et deux fois divorcée. Elle prenait ses paroles pour des vérités d'évangile.

Il se sentait trop dégoûté. Trop dégoûté pour rester ici et affronter des rangs interminables.

***

Il faut attraper ces hommes par les couilles". Priya donnait des cours sur son thème favori. Tuer les hommes. Elle avait divorcé deux fois et était impliquée dans un troisième. Féministe notoire, il est surprenant qu'elle se soit mariée autant de fois. Elle n'avait pas préféré rester seule. Les personnes qui disent détester quelque chose avec un peu trop de véhémence sont souvent secrètement amoureuses de cette même chose.

Les gens ont probablement une attirance secrète pour les choses qu'ils détestent au plus haut point. Assise sur un canapé recouvert de cuir noir dans un appartement cossu qu'elle avait obtenu de son dernier mari en guise de pension alimentaire, elle sirotait une bière fraîche.

Shreya, un peu ébouriffée, était assise sur le divan bas en face et sirotait la sienne.

Elle était venue chez sa cousine après s'être disputée avec son mari. Il devenait insupportable. Il se disputait au moindre prétexte et partait toujours en tournée. Il ne semblait jamais avoir l'esprit à la maison ou avec sa femme. Toujours au téléphone, à cliquer et à faire défiler des messages sans arrêt. Elle n'en pouvait plus. Aujourd'hui, il s'est empressé de partir en vacances avec une amie. Et cet ami était l'un de ceux que Shreya ne pouvait jamais tolérer. Elle avait saisi Rik alors qu'il était à l'université. Elle l'avait saisi ; oui, c'était le bon mot. Maintenant, une fois de plus, le fait de se précipiter pour rencontrer cet ami lui semblait un peu discordant.

***

Le vieux bâtiment parsemé de lichens et dont le toit est fissuré est la morgue que Ryan a reçue lorsqu'il a pris la tête du département de médecine légale de la nouvelle faculté de médecine. On était loin du GMC où il avait travaillé. C'était une ruine, rien de plus. On lui dit que les fonds manquent, alors qu'il a vu le jour même un bon de commande concernant un autre département.

Il devait faire avec ce qu'il avait. Le message était clair et net. Ryan prend congé. Après avoir repris du service, les autorités de l'école de médecine avaient l'impression qu'il était un rebelle. Il n'avait aucune chance de changer cela jusqu'à ce qu'un miracle se produise. Mais on ne sait jamais...

Il rangea le peu d'instruments qu'il s'était procuré au magasin dans son almirah en acier. Ils n'étaient pas faciles à obtenir. Il faut mendier pour obtenir ses instruments, c'est ça le service public. L'autopsie allait bientôt commencer. Là encore, le gouvernement était intransigeant sur les règles, que l'on ait ou non du matériel, les autopsies devaient être effectuées.

***

Elle attendait Neil et son retour avec impatience. C'était presque comme si c'était la seule raison de son existence. Elle anticipait ses goûts et ses dégoûts. Tous les aliments qu'il aimait étaient stockés à l'avance. De tous les amours, l'amour dévotionnel est le plus dangereux. On a vu dans la mythologie indienne comment l'amour de Meera pour Krishna ou, plus récemment, celui de Ramakrishna pour la déesse Kali ont transcendé toutes les frontières. On aurait pu s'attendre à ce que les années de célibat passées avec cet enfant qu'elle avait élevé comme si c'était le sien diminuent avec les années. Mais au lieu de s'atténuer, elles avaient atteint le niveau d'une ferveur ardente. Elle continua à arranger les oreillers, les coussins, la couette avec les mêmes motifs. Bleu sur blanc, la couleur que Neil aimait. Elle avait tout arrangé à la perfection et pourtant elle était tendue. Son beau-frère n'avait jamais apprécié les services qu'elle lui avait rendus au fil des ans, elle était pour lui une femme de ménage non rémunérée, pensait-elle avec amertume. Mais le faire pour Neil était différent. C'était de l'amour et le travail était un travail d'amour. Un plaisir, jamais une souffrance comme c'était souvent le cas lorsqu'elle le faisait pour son père ingrat.

***

C'est à la bibliothèque locale que Ryan a rencontré Prithwish pour la première fois. Tous deux aimaient les livres et c'était une sorte d'excursion. Les personnes qui se rendent dans les belles collines pour des vacances sont souvent hypnotisées, elles disent que c'est là que se trouve la vraie vie. Si cet endroit avait été leur lieu de résidence ou de travail, ils auraient compris à quel point la vie dans les collines peut être dure et souvent ennuyeuse.

Ryan aimait les collines, mais seulement en tant que visiteur. Prithwish n'était pas différent. Ils étaient également très proches en âge, bien qu'ils n'aient jamais demandé leur âge mutuel, ce n'était qu'une simple estimation.

Prithwish appartenait à la banlieue de Kolkata et était célibataire. Il était devenu le secrétaire de l'écrivain Dhrittiman Neogi et aspirait à devenir lui-même écrivain. Plus que l'argent qu'il recevait, c'était la principale raison pour laquelle il avait accepté d'être banni dans les collines.

Ils discutèrent de livres, puis de l'auteur Neogi, qui était bien connu pour ses opinions dogmatiques. C'est par son intermédiaire qu'il reçut sa première invitation à venir au chalet de l'auteur. Ryan, qui avait une grande admiration pour tout écrivain et voulait le voir à l'œuvre, accepta l'invitation. On est accepté plus rapidement dans n'importe quelle société. C'est ainsi qu'il a rencontré l'auteur de best-sellers, Dhrittiman Neogi. Ce n'est pas ce qu'il pensait. L'auteur était un homme ordinaire, assez pédant dans ses opinions et il revint, à vrai dire, déçu de sa visite. L'auteur promit une autre visite qui ne se matérialisa pas, mais il fit plus ample connaissance avec Prithwish et lorsqu'il découvrit ses écrits, il les trouva plutôt bons, bien que d'après quelques livres qu'il avait lus de Neogi, ils avaient une étrange ressemblance. Il ne savait pas si Neogi ou Prithwish était un bon écrivain, mais à ce moment-là, il garda un silence diplomatique sur la question.

**

Le téléphone a sonné et Ibrar, encore endormi, a décroché à la dernière sonnerie. C'était un numéro connu qu'il savait devoir décrocher. Un appel WhatsApp, comme d'habitude. Il ne passait jamais d'appel vocal, il valait mieux être prudent.

Nous avons un nouveau client.

Qui est-ce ?

Vous savez que nous n'avons pas le droit de divulguer leurs noms, les détails ne sont connus que de la société.

Ibrar courbe ses lèvres en un sourire. Ce n'est jamais difficile pour moi, mais je dois rentrer à la maison...

Si tu dois partir, tu ne peux pas le faire d'ici ?

Malheureusement, tout n'est pas si simple. Il y avait un net rictus dans sa voix.

Bon, quand veux-tu partir ?

Aujourd'hui ou demain si possible, demain serait mieux. L'argent ?

Combien ?

Deux lakhs.

'Un et demi.' 'Deux et pas une roupie de moins.

Deux et pas une roupie de moins.

Ok, dans la soirée alors.

Cash, attention.

Hmm... ok.

Un dialogue très laconique, comme toujours. La prudence était là, mais aussi la méfiance et la haine mutuelles profondément ancrées dans les esprits. Les gens sont méfiants, surtout lorsqu'ils sont engagés dans la commission d'un crime.

L'appel fut coupé et Ibrar se retourna pour dormir, une bonne journée, un nouveau client signifiait une grosse commission qu'il recevait en tant qu'intermédiaire. Il était maintenant habitué à recevoir ce genre de commission, son apparence lui procurant de nouvelles filles prêtes à subir tout ce qu'il voulait d'elles. Les filles étaient comme ça, pensait-il toujours, folles, impulsives et une proie facile une fois que l'on a un beau physique. Dieu l'en avait doté à un degré suprême et il en tirait le meilleur parti, dans les deux sens en fait. Il était parfois bon d'être en vie et de vivre une vie de roi tant qu'on l'était, on ne connaissait jamais les aléas de la vie, on pouvait être mort tout d'un coup.

***

Chapitre 5

Le nord du Bengale connaît deux types de temps. L'un est gris, terne, pluvieux et brumeux, l'autre est lumineux, ensoleillé et coloré de toutes les teintes de l'arc-en-ciel.

Aujourd'hui, alors que Neil regarde par la fenêtre de son compartiment, le train approche de la gare de New Jalpaiguri et c'est le second qu'il voit. Son cœur, heureux à l'idée de rencontrer Rik, s'est mis à danser de joie. Quand on est heureux, on voit la beauté partout...

Le train avançait à une vitesse d'escargot, s'arrêtant toutes les dix minutes à l'approche de la jonction. Il se lave et se rafraîchit dans les toilettes en regardant son co-passager qui ronfle encore sur la couchette inférieure qu'il a usurpée pendant la nuit.

Neil, qui était beau et jeune, éprouvait de la répulsion pour cet homme. Il était comme ça, il détestait la laideur.

Ils allaient bientôt arriver. Il se rendrait chez lui à Bagora. Demain, c'était le jour où il était vraiment ici. Il reviendrait à l'aéroport de Bagdogra pour récupérer Rik.

Le train s'arrête avec une secousse sur le quai numéro un.

Une foule de touristes et de passagers est descendue sur le quai et la gare s'est réveillée de son sommeil.

On voit toujours une gare s'animer à l'arrivée d'un grand train.

Il attendit quelques instants que la cohue et ses cousins se dissipent. Il n'avait pas l'intention de voyager ensemble jusqu'à Bagora... son co-passager s'agitait.

***

Madhuparna faisait partie de ces personnes qui allaient n'importe où ou faisaient n'importe quoi si cela servait à quelque chose. Rendre visite à son oncle n'était pas quelque chose qui lui plaisait. Mais sa mère lui avait mis la pression en lui disant que puisqu'elle s'était fracturé la cheville et qu'elle ne pouvait pas y aller, il fallait que quelqu'un y aille. Madhuparna était une jeune fille séduisante qui pourrait plaire à son oncle. Les hommes âgés aiment souvent les jeunes filles et elle est intelligente. Une arme à double tranchant.

Dhrittiman Neogi était un homme riche. Une bonne part dans son testament n'était pas une mauvaise option. Ils n'étaient pas trop riches et l'argent pouvait être utile.

Elle ne le lui avait pas dit directement, mais l'avait néanmoins insinué. Madhuparna avait accepté à condition qu'elle reçoive les fonds pour un portefeuille publicitaire qu'elle souhaitait réaliser.

La voilà à New Jalpaiguri, chez ce porc détestable et arrogant d'oncle à Bagora. Elle avait voyagé avec son cousin.

Sa mère l'avait persuadée d'une manière ou d'une autre. Neogi était l'auteur de plusieurs best-sellers internationaux, dont le dernier, Sin, se vendait très bien. Les droits d'auteur de l'un d'entre eux, une fois qu'il n'existera plus, pourraient les satisfaire à vie. Les livres liés à l'homophobie et à la religion se vendaient bien sur les marchés étrangers. Sa mère avait des vues sur l'un d'entre eux, Madhuparna, diplômée du Collège de la Présidence, étant son meilleur atout, car elle avait une bonne connaissance de la littérature. Elle avait demandé à l'obstiné Kush de l'accompagner, car les petits amis ne servaient à rien d'autre qu'à cela.

***

À l'aéroport, Rik s'est rendu compte qu'il avait oublié sa brosse à dents. C'est un homme pointilleux, il n'aime pas ça du tout. Il avait besoin de beaucoup de choses à emporter avant de partir en voyage. Des sprays pour la bouche, des gels pour les cheveux et beaucoup de crèmes. Ayant emporté tout cela, il avait oublié la brosse à dents. Il est entré dans l'un des magasins de papeterie. Il y avait une étagère séparée pour les petits sachets de voyage en plastique contenant des sachets miniatures de dentifrice, des brosses pliables, des shampooings, des après-shampooings et des crèmes hydratantes. Il a toujours aimé les petites choses et ces petites choses lui ont fait penser à un bébé par le processus d'association.

Nos esprits se comportent étrangement. Il a ressenti cette douleur en prenant un sachet et en se rendant au comptoir pour le payer. La jeune fille du guichet, vêtue d'un tee-shirt noir et de collants, lui a souri machinalement et lui a donné la pochette emballée dans une belle enveloppe. À l'aéroport, les prix sont plusieurs fois supérieurs au prix réel, mais cette pochette avait l'air d'un petit bébé câlin.

***

Le foyer de l'école privée de Bloomsbury était bien protégé de tous les côtés par de hauts murs. Pourtant, comme dans tous les lieux protégés du monde, il y avait un défaut fondamental dans sa sécurité. Les personnes qui violaient la sécurité venaient de l'intérieur plutôt que de l'extérieur. Nous sommes tous sans défense face à nos ennemis intérieurs. Le directeur, Kashif, fournissait de la drogue aux étudiants et c'est lui qui avait le devoir de protéger les enfants de ces influences néfastes. Il avait un partenaire qui l'approvisionnait par le pays frontalier du Népal, un étudiant casse-cou, Ibrar. Ibrar était lui-même citoyen du Népal, une minorité dans ce pays où les règles n'étaient pas si strictes. Il connaissait tous les itinéraires et les pakhdandi (sentiers de montagne) par lesquels il pouvait faire traverser les collines à son école, en passant la frontière et les contrôles de sécurité.

Partenaires dans le crime, ces deux-là partageaient les bénéfices du butin et Ibrar recevait gratuitement la drogue à laquelle il était devenu accro. Il y avait un accord tacite entre les deux, parfaitement respecté car chacun connaissait le point faible de l'autre. Il n'y a pas de meilleure compréhension que celle basée sur ce point.

***

Il est tout à fait normal d'oublier des choses, cela arrive à tout le monde à un moment ou à un autre. Ce qui est moins normal, c'est quand on commence à oublier des noms et même des histoires écrites par soi-même. En lisant une interview sur Internet, il s'en est aperçu le premier. Il avait dit la mauvaise histoire au mauvais endroit. Il avait d'abord pensé que c'était le journaliste qui était en cause, mais lorsqu'il avait demandé à Prithwish d'apporter l'enregistrement pendant l'interview, il avait été désillusionné.

Prithwish l'avait regardé bizarrement, avait-il remarqué. En tant qu'écrivain, il avait naturellement le sens de l'observation. C'était essentiel pour sa profession. Il avait essayé de l'ignorer, comme nous le faisons tous au début, car personne n'aime se croire malade. Mais il était perplexe et très inquiet... et s'il perdait sa mémoire, ce dont il s'était enorgueilli pendant toutes ces années.

Était-ce vraiment la maladie d'Alzheimer ? Était-il si vieux ? Il pensa à consulter un médecin, un des meilleurs à Kolkata après le jubilé, mais il ne pouvait pas le laisser sortir maintenant. Il pouvait essayer la téléconsultation, mais la chose devait rester secrète. Une fois qu'elle serait révélée, l'auteur serait mort. Il ne pouvait même pas y penser. Il commença à faire défiler son téléphone portable et composa finalement un numéro.

***

Elle devait sauver les apparences. Madhuparna savait que les membres de la famille étaient toujours secrètement heureux lorsque d'autres membres de la famille se retrouvaient dans la soupe, même s'ils affichaient un air de sympathie choquée. Elle était déterminée à ne rien laisser paraître.

Son frère avait perdu son emploi lors du ralentissement qui a suivi l'épidémie. Il avait acheté un grand appartement à un taux d'intérêt élevé pendant qu'il travaillait, mais il ne pouvait plus le payer. Madhuparna, encouragée par sa mère car elle était la favorite de son oncle, Dhrittiman Neogi, avait été envoyée dans son programme après que sa mère se soit fracturé la cheville en tombant dans la salle de bain. Bien sûr, Neil, le fils de l'auteur, allait se tailler la part du lion, mais même si elle parvenait à obtenir quelques droits d'auteur, elle pourrait assurer l'avenir de sa famille. La tante de Sreetama, ce vieux vautour, ferait de son mieux pour l'empêcher d'obtenir les droits. Mais son oncle était plutôt gentil avec elle et elle avait persuadé Kush de l'accompagner en tant que rédacteur de la biographie de l'auteur. La postérité attirait les gens et elle essayait de jouer cette double carte à la perfection. Kush était un porc égoïste, mais elle l'aimait et il lui disait qu'il l'aimait, ce qui est souvent la réponse à de nombreux obstacles.

Les collines étaient devenues visibles. Elle avait vu son cousin Neil à la gare, mais était restée derrière volontairement, elle ne voulait pas voyager avec lui, le voyage dans les collines elle l'aimait et elle n'avait aucune envie de le gâcher en racontant des conneries à son parent.

Il était temps de planifier et de profiter... assez de harcèlement à la maison. Il était temps d'oublier tout et de vivre... c'est souvent ce que nous faisons dans le chaos qui entoure nos vies.

***

Chapitre 6

Dhrittiman Neogi savait que sa patience serait mise à rude épreuve. Il était secrètement un peu impressionné par son fils. Neil avait un tempérament vif et se mettait facilement en colère.

C'est un médecin bien établi qui dispose d'une source de revenus indépendante. L'épidémie avait rehaussé le statut des médecins aux yeux de la société. Il avait accepté d'autoriser cet ami de Neil sous la persuasion de sa sœur. Neil aurait refusé de venir autrement, avait-elle dit. Il n'aimait pas du tout cet homme. Il le trouvait trop efféminé à son goût et Neil semblait se comporter de façon si étrange lorsqu'il était là. Il regardait toujours avec anxiété, comme si quelque chose pouvait arriver pour déplaire à son ami. Il se souciait peu de Rik ou de son mécontentement, mais il avait une grande estime pour son fils... quelque chose qu'il gardait cependant secret pour le monde... ou même pour son fils. Il ne devait jamais comprendre le véritable amour et l'affection qu'il avait pour lui.

Il y a des choses qu'il vaut mieux comprendre que raconter. En tant qu'écrivain, il racontait beaucoup de choses dans ses livres, mais c'était pour les livres, pas pour sa vie privée. Il avait su les séparer depuis longtemps... c'est l'une des raisons de son succès. Mais maintenant que Prithwish créait des problèmes, il n'en était plus très sûr...

***

Assis à la fenêtre, Rik contemplait son avenir. Un avenir loin de ses problèmes et une vie insouciante dans les collines. Cela avait toujours été son rêve. L'argent était un problème, mais il semblait l'avoir résolu. Un gros homme accompagné de sa fille plus que dodue avait pris place à côté de lui. La fille s'est glissée à côté de lui, au grand dam du père qui a regardé Rik aux cheveux longs avec beaucoup de désapprobation. Rik rit intérieurement, l'idée même de cette fille dodue dépassait son imagination. Il fixa les nuages et les ailes de l'avion et s'endormit au bout d'un certain temps. Il n'y a rien de mieux à faire pendant un vol. Les gens qui pouvaient dormir à tout moment étaient les meilleurs dans la vie. Telle était son opinion. Une autre chose mûrissait dans son esprit. Les cliniques de maternité de substitution qui opéraient juste de l'autre côté de la frontière. C'était un pays étranger, mais il n'était pas très loin. Il y avait un intermédiaire qui restait près de l'endroit où il se rendait... l'une des raisons pour lesquelles il s'y rendait pour y rester. Il détestait cet auteur snob, mais il avait accepté de rester dans le cottage pour cette raison, ce qui lui avait permis de retrouver un peu de sérénité.

***

Le directeur lui avait fait part de ses nouveaux problèmes. L'officier responsable du poste de police local changeait et Norbu Sherpa, un enfant du pays, prenait la relève. Norbu connaissait le terrain des collines comme sa poche. Il allait rester ici aussi, contrairement à l'officier précédent qui avait l'habitude de déléguer officieusement la responsabilité à un agent de police chaque fois qu'il en avait l'occasion pour rendre visite à sa famille à Kolkata.

Ibrar ne s'intéressait pas aux détails, mais il s'intéressait à l'argent et cela lui importait. Sa famille n'était pas très riche et l'école privée de Bloomsbury coûtait cher. Si cette source devait s'arrêter soudainement, il devrait chercher d'autres idées. Il ne manquait pas d'idées et il était fier de son pouvoir d'imagination. Elle ne l'avait jamais laissé tomber.

***

L'édition est un métier difficile. Les gens qui la voient de l'extérieur pensent qu'elle va au-delà, qu'elle est une sorte d'extension du processus créatif, mais ce n'est pas le cas. Pour les personnes créatives ou celles qui se croient créatives, le compte est en fait beaucoup plus lourd. Il fallait sélectionner parmi eux quelqu'un dont on savait qu'il pourrait se vendre, ce qui n'était pas facile à faire.

Ce qui se vendait et ce qui ne se vendait pas, on ne le savait pas à l'avance. Il fallait prendre un risque et ce risque portait sur une marchandise inconnue, alors que se passait-il en cas d'échec ? Cela impliquait pas mal d'argent. C'est ce qui s'est passé, une entreprise ne pouvait pas assumer une perte, en particulier sur le marché après l'épidémie.

Mansukhani se rendait à Bagora pour participer au jubilé d'argent de l'écrivain, car cela faisait aussi partie des affaires. Neogi était une bonne affaire et il avait l'intention d'utiliser les enregistrements et les programmes dans le cadre de son marketing.

Alors qu'il est assis à l'aéroport de Kolkata, quelque chose le préoccupe. Il s'agit d'un message WhatsApp reçu hier soir. Il provenait d'un numéro inconnu, mais le message indiquait une certaine connaissance de l'auteur qu'il allait rencontrer.

Quelque chose qui indiquait que l'auteur n'avait pas écrit les livres lui-même, mais qu'il avait pris l'aide de quelqu'un qu'il ne connaissait pas. C'était assez inquiétant, car le moindre indice de ce genre pourrait ruiner le prochain best-seller attendu lors d'un grand événement littéraire.

***

Les gens aiment la beauté, c'est une caractéristique indéniable, même si les gens aiment la nier. Certains disent que la beauté n'est que superficielle, mais c'est tout ce que l'œil nu peut voir. Rik était beau, mais Neil était beau. Mais cela a suffi pour que Neil tombe amoureux de lui. C'est un avantage que leurs caractères sont souvent jugés tardivement, trop tardivement.

Neil n'aimait pas trop rendre visite à son père qu'il considérait comme dominateur, arrogant et n'aimant personne. C'est ce qu'il avait vu dans son enfance et cette image était restée. Il avait commencé à gravir les collines, par la route escarpée de Pankhabari, privilégiée par les chauffeurs locaux, et arriverait bientôt à la ville de Kurseong. Ce qui l'avait rendu heureux, c'était le fait qu'un jour plus tard, il serait rejoint par Rik, le Rik qu'il avait aimé à l'université. Tous deux étaient des garçons à l'époque, mais c'était indéniablement l'amour, celui dont on dit qu'il n'arrive qu'une fois dans la vie.

***

Alors que le vol descendait vers l'aéroport de Bagdogra, il aperçut une masse de verdure et au loin, se mêlant aux nuages, les collines. Tous les aéroports se ressemblent un peu vus du ciel, partout dans le monde. C'est ce qu'a ressenti Mansukhani après avoir parcouru le monde. Le monde est presque le même partout si on le voit d'un avion, pas quand on est au sol.

Il but une dernière gorgée du café qu'il avait payé pendant le vol, à son grand dam. L'argent n'était pas à jeter par les fenêtres et les compagnies aériennes n'étaient pas moins que des bandits ou des dacoïts à ses yeux. Le café de vingt dollars en valait deux cents dans les airs. Le vol s'élevait dans les airs, les prix grimpaient encore plus. Ce message l'inquiète. Un cas de plagiat est dangereux pour un éditeur. Qu'est-ce que cela pouvait signifier pour ses futures affaires avec Dhrittiman Neogi, la poule aux œufs d'or ? Les hôtesses de l'air arrivent et s'empressent de rejoindre leurs sièges. Le vol avait commencé sa descente et, dans trois heures environ, il serait à la maison de l'écrivain à Bagora.

***

Chapitre 7

L'amour est normalement considéré comme une émotion qui doit procurer du plaisir ou du bonheur. Mais à l'arrivée du petit aéroport de Bagdogra, Neil ressent un pincement au cœur. C'était toujours comme ça lorsqu'il devait rencontrer Rik. Son cœur se tordait d'impatience. Rik, il en était sûr, ne souffrait pas de problèmes similaires, même s'il l'aimait bien.

Il avait du mal à comprendre s'il y avait autre chose que de l'affection. Mais Rik lui avait toujours envoyé des signaux subtils. Même un imbécile pouvait les comprendre. Et Neil n'était pas un imbécile non plus. Mais son ami était capricieux et agressif. Il avait un peu peur d'aller trop loin.

Les arrivées indiquaient que le vol en provenance de Delhi était arrivé et que le tapis n° 3 était désigné pour les bagages. Le moment était venu.

10 minutes plus tard, Rik, mince, blond et beau, bien qu'il ait perdu un peu de cheveux devant et qu'il ait fait une queue de cheval de sa longue crinière, a franchi les portes en souriant. C'était un sourire brillant, un sourire attirant. C'était ce qui l'avait attiré à l'université.

Il s'est approché et a serré Neil dans ses bras. Très fort. Comme il le faisait toujours... presque en le serrant. Il était légèrement plus grand que Neil, ce qui rendait la chose plus facile.

Comment vas-tu, chéri ? dit-il avec son clin d'œil habituel. On ne savait jamais quand Rik était sérieux et quand il se moquait de nous. C'était le problème avec lui. Une personne difficile à lire et à comprendre.

Super", dit Neil en riant. Cette façon de s'adresser à lui lui plaisait toujours secrètement. Quels cheveux longs as-tu maintenant ?

J'ai quelques trucs plus longs", dit Rik en riant. Il semblait très satisfait de sa propre blague.

Mon Dieu, tu ne changes jamais. C'est comme si ces sept années ne s'étaient jamais écoulées.

J'espère vraiment que ce n'est pas le cas !

Il y avait un ton de tristesse dans la voix qui fit lever les yeux à Neil. Mais le moment était passé.

Rik semblait de bonne humeur. Un bonheur insouciant qui faisait partie de leur vie à l'université.

Prenons un verre, il fait chaud. Il y a un bon bar sur le chemin?' dit-il de sa manière désinvolte.

Oui, bien sûr. Vous êtes à Siliguri. Il y a beaucoup de bars ici. Il y a beaucoup de bars ici. Faisons un saut dans l'un d'entre eux avant de rentrer à la maison.

Vous avez apporté une voiture ?

Oui... bien sûr. La voilà.

'Wow, c'est une bête.'

Ils partent dans la Toyota noire rutilante qui les attend.

***

Ibrar était aussi beau qu'un garçon pouvait l'être. D'une allure arabe, avec une peau d'une blancheur éclatante et un corps mince comme celui d'un mannequin, il était capable d'attirer tous ceux qu'il voulait. Il avait une relation avec un garçon et ils entretenaient une relation stable depuis leur adolescence, qui s'était transformée en âge adulte. Tous deux, à la fin de l'adolescence, étaient aussi insensibles aux opinions du monde que les gens de leur âge peuvent l'être. Nous le sommes tous.

Certains garçons les avaient chahutés au début, mais ils avaient tenu bon et maintenant les gens commençaient à accepter, voire à respecter leur orientation. L'homosexualité n'est pas un phénomène nouveau. Dans toutes les civilisations, elle est présente depuis le début, mais il y a une sorte de tendance à se cacher dans le placard que l'on ne retrouve pas dans les relations hétérosexuelles et qui s'affiche facilement au grand jour...

Un seul homme s'acharnait à les attaquer dès qu'il en avait l'occasion. Le directeur de l'auberge principale, Kashif Ansari. Il semblait avoir une dent contre les deux, ou plutôt contre l'homosexualité.

Les autorités en ont été informées, mais elles sont restées muettes, comme c'est souvent le cas avec les autorités jusqu'à ce qu'elles soient acculées au pied du mur.

***

En descendant rapidement la pente, Prithwish atteignit le marché. C'était jour de marché aujourd'hui et le marché était bondé, des foules de gens, des marchands ambulants criant et des femmes hurlant composaient la cacophonie. Prithwish, un peu distrait, n'aurait pas remarqué la personne qui arrivait du côté opposé s'il n'avait pas parlé.

C'était le médecin de l'hôpital. Il le connaissait un peu. Il n'était guère d'humeur à parler aux gens, mais le docteur l'avait appelé, il n'y avait donc pas d'autre choix. Il a souri. Un fantôme de sourire en plastique.

Celui que les gens utilisent lorsque le sourire est une contrainte plutôt qu'une option.

Oui, bonjour, comment allez-vous ?

Je vais bien, docteur, je suis sorti pour faire du marketing, et vous ?

Oui, juste les fournitures de routine.

Hmm, je suis venu pour réparer mes lunettes, vous savez que je ne peux pas m'en passer", sourit-il, un sourire triste.

Oui, je sais. Je vous ai rencontré le jour où vous êtes arrivé à l'hôpital. Vous deviez donner une conférence au club littéraire local. Tu as dit que tu ne voyais pas devant tes yeux. Quoi qu'il en soit, il y avait beaucoup de monde au cottage. Vous sentez-vous essoufflé ?

Non, juste un petit effort, je suis en pleine forme, docteur, ne vous inquiétez pas. Mais mon cœur a parfois des palpitations, il faudra peut-être le montrer à un médecin, et j'ai des problèmes de sommeil, comme vous le savez. J'ai pris des gélules de mélatonine, que j'ai réservées en ligne.

Les palpitations sont-elles apparues depuis que vous avez pris de la mélatonine ?

Oui, elles ont augmenté, je pense. Je n'en suis pas très sûr, docteur, mais il faut que je parte, il se fait tard.

D'accord, mais arrêtez la mélatonine si vous sentez que le problème s'aggrave. Elle ne convient pas à certaines personnes.

Quelques marchands ambulants se sont mis à crier plus fort, essayant de les faire bouger.

Ok, prenez soin de vous, bye. Ryan s'éloigne.

Prithwish remonta la pente vers le marché principal où se trouvait la boutique de l'opticien.

***

Le garçon avec lequel Ibrar entretenait une relation a disparu. Les autorités ont été incitées à agir, mais même après un jour, aucune nouvelle n'est parvenue. Une équipe de recherche locale a été organisée, puis le poste de police local a été informé.

Chatterjee, l'officier de police local, ne s'est pas donné beaucoup de mal pour rechercher un orphelin qui avait été élevé dans le foyer. Il n'y avait personne pour répondre et cela signifiait une bouche de moins à nourrir. Bon débarras pour les autorités qui avaient été troublées par les accusations d'homosexualité au foyer ces derniers temps. Le garçon avait été accusé de petits vols dans le passé et, cette fois encore, le directeur avait signalé qu'une somme avait disparu de son almirah et que la porte avait été fracturée.

***

Rik appartenait à une génération qui ne se laissait pas facilement impressionner. Il ne croyait pas beaucoup aux coutumes et n'avait pas beaucoup de respect pour qui que ce soit. Tandis que la voiture tournait et tournait en direction de Bagora, il ressentait une sorte d'exaltation nerveuse que l'on ressent dans les collines après plusieurs jours, ceux qui les aiment ressentent une excitation qui remonte dans les veines et qui picote les nerfs.

Il y a un étrange silence qui s'abat sur les collines à la fin de la journée, un jour clair bien sûr où le roux se transforme en une dernière lueur rouge avant que l'obscurité n'enveloppe tout. Juste avant cela, un côté des collines est illuminé d'une lueur dorée, l'autre côté est dans l'ombre. Des oiseaux rentrant au perchoir percent le silence, la voiture passe devant une silhouette qui regarde la vallée, perdue dans ses pensées.

Rik ne le connaissait pas, mais il y avait une certaine nouveauté dans la façon dont il semblait se tenir juste au bord, assimilant la vue, inhalant la vue qui lui semblait s'ouvrir devant ses yeux.

La voiture passa et bientôt Neil pointa du doigt vers le haut. Les collines majestueuses au feuillage vert tombant formaient un arrière-plan idéal pour un cottage en bois à deux étages, tout droit sorti d'une carte postale. Une relique de l'époque britannique révolue, élégante, robuste, solide, capable de résister au temps.

La voiture s'est arrêtée sous le portique... ils étaient aux pins qui murmurent.

Il est difficile d'imaginer un endroit comme Bagora dans le monde d'aujourd'hui. On se demande vraiment pourquoi quelqu'un voudrait y vivre ? Pourtant, des gens en petit nombre vivaient dans ce petit hameau à une altitude supérieure à celle de Darjeeling, parmi les déodars, les pins et les cèdres.

Lorsque les yeux invisibles des satellites itinérants pénètrent dans les maisons mêmes où nous vivons, Bagora était souvent coupé du réseau mobile, un fait renforcé par le repérage d'un téléphone dans le salon, un téléphone fixe devenu presque une antiquité par Rik juste au moment où il est entré dans le cottage.

***

Dhrittiman Neogi était plus amusé que fâché par les questions que posait Kush. Il y avait un net rictus dans sa voix lorsqu'il posait ces questions destinées à une biographie. Que pensait-il de la littérature contemporaine ? Comment se voyait-il en tant qu'auteur dans cent ans ?

Dhrittiman, bien que dogmatique dans ses écrits et, dans une certaine mesure, dans ses pensées, n'était pas un imbécile. Il ne se faisait pas de fausses idées sur lui-même en tant qu'auteur pour la postérité. C'était un homme du monde. Il était devenu célèbre, ce qui n'est pas facile. Il comprenait très bien Kush, il y a beaucoup d'arrivistes de ce genre dans le monde qui aboutissent à un échec cuisant dans la vie. Ils deviennent critiques et cyniques sans le savoir et le résultat est celui que l'on attend.

Le dîner fut bientôt terminé et Dhrittiman était soulagé, car il fallait attendre longtemps avant de pouvoir répondre à des questions aussi stupides, mais il était aguerri et ne baissait pas la garde.

***

La salle à manger du Whispering Pines était très animée ce soir. Un certain nombre de personnes arrivées pour le jubilé bavardaient à tue-tête. C'était l'heure du dîner et un grand nombre de convives étaient entrés dans le cottage silencieux qui noyait le murmure des pins. C'était comme si la maison s'était réveillée d'un sommeil profond. Les plats arrivent dans la salle sous la surveillance de Sreetama, la femme qui contrôle tout dans ce petit cottage situé au sommet des collines et qui offre une vue magnifique sur la vallée et les montagnes enneigées au loin à l'horizon. Kush exposait une théorie sur la littérature moderne à l'éditeur Mansukhani, faisant de son mieux pour l'impressionner.

De l'autre côté, Prithwish, très silencieux, ruminait en mangeant ou en picorant sa nourriture. Il semblait perdu dans ses pensées et, sans lunettes, il était de toute façon presque aveugle.

Chapitre 8

C'était un grand centre de villégiature dans l'Uttarakhand, près du parc national de Jim Corbett. Un groupe de femmes était venu pour un voyage dans cette partie du pays, vallonnée et boisée, avec des rivières et des ruisseaux qui jaillissent et gargouillent, un endroit de conte de fées où l'on peut faire une pause dans la vie quotidienne.

Shreya s'amusait comme une folle avec ses amies, pour la plupart des femmes riches, célibataires ou divorcées, qui s'adonnaient à la chasse aux hommes lorsqu'elles ne buvaient pas, ne participaient pas à des soirées endiablées ou à des safaris à dos d'éléphant.

Ses conseillères s'acharnaient à lui apprendre comment coincer son mari absent, qui se rendait en solitaire voir son ami d'université dans le hameau endormi de Bagora, près de Kurseong. Le fait qu'elles n'aient pas réussi à garder leur mari ou à se marier est probablement à l'origine de leur intention malveillante d'amener leur seul ami marié à suivre leur chemin... les gens sont généralement comme ça. Personne n'aime les marcheurs solitaires... les gens aiment rester en troupeau comme d'autres animaux, mais ils ne l'accepteront jamais, l'ego interviendrait et quand cela arrive, l'ego gagne à la fin.

***

Whispering pines cottage était une maison d'une beauté exquise, située au sommet d'une colline et offrant une vue magnifique sur la vallée d'un côté et sur les grands pins de l'autre. Elle semblait nichée dans le giron de ces immenses conifères qui donnaient une teinte vert foncé aux murs du cottage alors que le soleil se couchait.

Rik était habituellement doué pour établir des relations avec les gens, mais c'était là un endroit où il se sentait légèrement intimidé. Le célèbre écrivain, avec son éternel froncement de sourcils et sa moustache tombante sur son visage en forme de hache de guerre, lui inspirait une certaine crainte née de la peur de la célébrité. Mais la tante de Neil, la divinité qui présidait aux destinées du cottage, le terrifiait quelque peu. Tout ce qu'elle disait ou faisait était le dernier mot. Ils étaient arrivés hier à 19 heures et avaient été accueillis cordialement mais froidement. Il ne faisait aucun doute pour Rik que sa venue était une intrusion malvenue qu'ils n'avaient acceptée qu'en raison des souhaits de leur fils. D'habitude, Rik n'était pas découragé par ce genre de choses, il était trop imbu de lui-même pour cela, mais d'une certaine manière, ces gens-là étaient un peu différents.

Il se leva le lendemain matin et se promena en essayant de photographier quelques plantes à fleurs sauvages, puis, se lassant, il se dirigea vers la place du marché, située à environ un kilomètre de la maison. Un garçon descendait la route à toute allure dans un virage en pente. Il a fait une brusque embardée dans le virage et, incapable de garder l'équilibre face à une silhouette soudaine, il a glissé en heurtant Rik et tous deux sont tombés dans un tas.

C'est le garçon qui se releva le premier, un sourire penaud sur le visage.

Tu n'es pas blessé ? demanda-t-il. La voix était douce et mélodieuse. Elle avait quelque chose de séduisant.

Rik n'était pas d'humeur tendre et il avait décidé de lui passer un savon. Mais un coup d'œil au garçon dans les rayons dorés du soleil filtrant entre les grands pins le laissa sans voix. Le garçon était extrêmement beau, avec un teint blanc et une jeunesse et une vitalité qui se dégageaient de tous les pores de son corps.

C'est bon", murmura-t-il en se touchant les membres et en se frottant le ventre, là où le guidon s'était enfoncé.

Désolé", la voix était aussi mortelle que le corps, tous deux séduisants au plus haut point.

Il a tendu un bras sur lequel se trouvaient des marques rougeâtres d'un air furieux.

Je suis Ibrar, de Bloomsbury, 12e année.

Rik, de Delhi.

Ravi de vous rencontrer, vous êtes ici en tant que touriste ?

Eh bien, en quelque sorte, je loge chez un ami. À Whispering Pines.

Oh, mon Dieu... ces Néogis. L'aîné est une brute et il y a une sorcière", dit-il en souriant. J'ai entendu dire que la brute avait un fils, un médecin.

Oui, c'est ce fils qui est mon ami. Neil. Nous étions ensemble à l'université.

C'est une sacrée amitié. Voyager si loin pour rencontrer un ami..." Il regarde Rik qui se sent un peu mal à l'aise sous son regard. Quoi qu'il en soit, nous nous rencontrerons dans la soirée sur le terrain de football... il montra du doigt le sommet de la colline. Maintenant, il faut que j'y aille. Il enfourche son vélo et s'en va.

Rik a été frappé par cette rencontre fortuite. Le garçon n'était pas seulement beau, il était aussi charmant. Son corps était douloureux, sans doute à cause du coup, mais il y avait une douleur lancinante ailleurs, là où il n'y avait pas eu de blessure.

Il allait certainement se rendre au terrain de football. Il devait revoir son plan, mais qu'importait. Neil était trop dévoué pour que cela ait de l'importance. Il serait toujours là... il ne pouvait pas s'arracher à cette image dorée aperçue une fois dans les rayons dorés du soleil.

**

Neil a toujours été dévoué à tout ce qu'il faisait. Les études, la pratique et l'amour. Lorsque Rik est revenu du marché, il a semblé légèrement distrait. C'était comme si un film était passé sur ses yeux et qu'il était émerveillé par quelque chose.

Il ne servait à rien de demander. Il connaissait l'obstination de Rik. Il s'énerverait si on le harcelait. L'amour est une chose étrange. Lorsque vous aimez vraiment quelqu'un, vous avez peur de cette personne jusqu'à un certain point, ce qui en soi demande la sagesse de l'amour, mais lorsque l'amour demeure, la vie est complètement différente. Il savait qu'il avait rik pour le moment et c'est ce qui comptait. Le voir devant ses yeux, observer son rire insouciant et le souffle de sa longue crinière dans le vent suffisait à chasser les autres pensées de son esprit. Une fois qu'ils seraient à Lava, tout irait bien, tout serait réglé.

Il appela l'agence de voyage et réserva une voiture. Demain, à 7 heures du matin, ils partiraient.

Rik mangeait dans la cuisine. Il parlait au cuisinier. Sa tante n'approuverait pas cela. Sreetama n'aimait pas que les invités prennent de telles libertés.

Neil s'apprêtait à entrer dans sa chambre lorsqu'il entendit des voix s'élever dans le bureau de son père. Il attendit sur le seuil de sa chambre et écouta en silence.

***

Prithwish, de retour dans sa chambre, est maintenant en colère. Publier un livre chez un grand éditeur n'était pas une tâche facile. Il s'en rendait compte. Il avait toujours pensé que si l'on écrivait bien, on pouvait être publié... en fin de compte, si ce n'est immédiatement. Mais les choses ne s'étaient pas passées ainsi. Il avait envoyé des manuscrits à tous les éditeurs réputés et la plupart d'entre eux n'avaient pas répondu. Ceux qui avaient répondu l'avaient fait si rapidement qu'ils avaient du mal à le lire en si peu de temps. Mais c'est tout, il n'y a rien à faire.

Il avait espéré que son patron l'aiderait, mais jusqu'à présent, ce n'était qu'une chimère. Il y avait eu des assurances, de vagues promesses, mais rien de concret jusqu'à présent.

Avec la venue de Mansukhani de Pagan Press Ltd au jubilé, il espérait quelque chose de concret. Il l'avait dit en termes clairs à son patron. Soit il obtenait un contrat, soit il cessait d'écrire... ses écrits, oui, c'est-à-dire ceux des auteurs célèbres de ces dix dernières années. Le vieil homme n'avait plus la force d'écrire de nouvelles choses... de créer de nouvelles choses. Il était épuisé. Il dépendait de l'ingéniosité de sa secrétaire et de son correcteur... il pouvait rire, relire ses propres écrits. Pourtant, les livres qu'il écrivait rapportaient beaucoup d'argent et le vieil homme menait une vie dispendieuse. De plus, il ne pouvait pas tout laisser tomber en un instant, il y avait sa vanité et sa réputation. Le grand écrivain était un tricheur et un imposteur. Il rit... il le tenait en son pouvoir. Son sommeil était son problème, bien qu'il ait récemment trouvé une solution après avoir consulté un ami qui utilisait ce supplément à l'étranger. Il s'est couché en prenant le médicament qu'il prenait tous les jours, une capsule de mélatonine, une hormone du sommeil qui était un complément naturel. Il s'agit d'une gélule de mélatonine, une hormone du sommeil qui est un complément naturel. Elle provient d'une célèbre chaîne de magasins, toute blanche, et il regarde l'heure dans son portable, il n'a jamais utilisé de montre... trop démodé à son goût. Au bout de quelques minutes, il s'est senti groggy, il devait être très fatigué. Mais ses palpitations étaient plus fortes que jamais. Il faut qu'il arrête ce médicament, il ne lui convient pas comme l'avait dit le médecin sur le marché. Il se laissa sombrer dans les profondeurs de l'inconscience, le sommeil, lorsqu'il vint, lui parut trop profond.

***

L'angoisse de la page blanche est une chose dont on parle beaucoup. Il touche tous les auteurs à un moment ou à un autre. Lorsqu'il avait atteint la soixantaine sans en souffrir, il se croyait à l'abri de cette maladie universelle qui tourmente les écrivains. Mais un matin, assis à son bureau, il s'est soudain senti à court de mots. Il s'en est débarrassé en buvant une tasse de café noir bien corsé. Mais elle s'est développée comme une plante vénéneuse, nourrie chaque jour par son échec, par son incapacité à écrire quoi que ce soit.

Il avait peur maintenant... tout dépendait de sa capacité à écrire et il semblait perdre cette capacité. Dhrittiman Neogi a pris deux somnifères au lieu d'un. Il avait commencé à perdre sa tranquillité d'esprit à cause de cela. Le sommeil ne venait pas et même s'il venait, il s'interrompait aux petites heures.

***

Mansukhani lisait la copie électronique des cinq premiers chapitres et du synopsis du roman que

Prithwish lui avait offert après le dîner, le soir de son arrivée. Bien que vieux maintenant, Mansukhani avait un sens aigu de ce qui était lisible et de ce qui ne l'était pas. Il s'agissait d'un livre captivant, brillant, qui vous accrochait et dont le style ressemblait beaucoup au livre controversé Sin, qu'il avait publié en tant que dernière œuvre de Neogi et qui avait suscité tant de controverses et, naturellement, de grandes ventes.

Il commençait à se demander pourquoi Neogi avait changé de style si tardivement, ce qui n'est pas le propre d'un vieil homme. Il ne pouvait pas en être sûr, mais il devait voir le reste du manuscrit et parler à Prithwish séparément sous un prétexte quelconque.

Il avait été rude avec lui aujourd'hui et il devait se racheter, il y avait là une mine d'or à découvrir et Mansukhani n'était pas dupe de laisser ce que le destin avait jeté si facilement.

***

Le lendemain matin, tout le monde était à table pour le petit déjeuner lorsque l'on remarqua l'absence de Prithwish. Lui, un habitué, n'était généralement jamais en retard. Neil était parti tôt avec son ami, emportant avec eux le repas emballé.

Sreetama en fit la remarque et demanda à la femme de chambre de vérifier sa chambre. Elle revint pour signaler que la porte était fermée à clé et qu'elle avait frappé, mais qu'il n'y avait pas de réponse.

L'auteur s'est levé et, en grommelant, est allé frapper du poing sur la porte. Il n'y a pas eu de réponse. La situation commençait à devenir alarmante et le chauffeur et le jardinier ont été priés de faire le tour du cottage en direction de la fenêtre.

La fenêtre était fermée et verrouillée. On ne voyait rien à l'intérieur, il faisait noir. Ils sont arrivés dans le couloir.

Il n'y avait pas d'autre solution que de forcer la porte qui était fermée par une serrure de type Yale. Il y avait une deuxième clé, mais le trousseau restait mystérieusement introuvable.

Le jardinier, le chauffeur et Kush appuyèrent ensemble leurs épaules sur la porte et la serrure se brisa en faisant éclater le bois.

Prithwish était allongé sur le lit, comme dans un profond repos. L'auteur et les autres s'approchèrent en l'appelant par son nom.

Une main sur le pouls montra à Kush que tout était fini. Prithwish était mort.

***

Chapitre 9

Il n'y avait pas d'électricité dans la petite cabane en bois située au sommet de la colline. Elle offrait une vue panoramique sur la vallée. Il faisait froid et brumeux, le genre de temps où l'on aime se blottir, surtout quand on est amoureux. Un orage venait de passer et il n'y avait qu'une bougie allumée pour donner un semblant de lumière.

Rik s'était enfoncé dans la douce couverture de vison et tentait divers actes malicieux pour séduire Neil, qui essaya de l'ignorer pendant un certain temps. C'était irrésistible et finalement Neil s'est glissé à l'intérieur de la couverture. Leurs deux corps étant en contact étroit et la chaleur circulant de l'un à l'autre, Neil ne saurait dire à quel moment précis cela s'est produit...

Ils étaient enveloppés dans les bras l'un de l'autre, leurs lèvres se bloquant dans un profond baiser, lorsque Rik fit ce que Neil n'avait imaginé que dans son imagination. Il découvrit que son pantalon était lentement enlevé par des mains tâtonnantes, douces mais souples... à force d'entraînement ? On ne sait jamais. C'était quelques instants avant que Rik ne le pénètre, pour la première fois... c'était la douleur, c'était l'extase, c'était un rêve devenu réalité et oui, c'était de la sodomie. La virginité de Neil était perdue... pas pour quelqu'un d'autre mais pour une personne qu'il avait secrètement adorée pendant des années... la bougie s'est éteinte et ils ont dormi enfermés dans les bras l'un de l'autre... l'article 377 et sa criminalisation appartenaient au passé. Les relations sexuelles consensuelles étaient autorisées, ce n'était plus un crime, mais un péché... Il n'y a pas de réponse très simple à cette question.

***

La grande chaise et la petite pièce constituaient ce qui était la salle de travail ou le bureau du grand écrivain. Il était assis sur cette chaise et ses sourcils étaient froncés. Il avait anticipé quelque chose que son expérience lui avait révélé. Il ne s'agissait pas d'une amitié ordinaire... il savait reconnaître l'amour quand il le voyait. Il avait suffisamment écrit sur le sujet pour le savoir. Mais l'inquiétude était différente. Il ne s'agissait pas d'un cas de troisième main, mais du cas d'une personne qui lui était chère, son fils. Les choses se passent différemment lorsqu'un être cher est impliqué... il y a beaucoup plus à perdre... et il n'a jamais aimé être du côté des perdants...

Il ne permettrait pas que cela se poursuive sans intervention. Ce Rik pouvait se croire intelligent, mais ce n'était pas pour rien qu'il avait écrit tant de best-sellers... il savait de quoi il retournait, bien mieux que son extérieur sec ne le permettait d'exprimer. C'était un avantage, parfois vraiment un avantage. Prithwish était mort lui aussi, une perte, mais il pouvait s'en remettre. Les nouveaux médicaments étaient arrivés. Le médecin l'avait assuré. Ils étaient les meilleurs et il retrouverait bientôt ses pouvoirs.

***

Ibrar lisait un roman policier d'Agatha Christie. Pourquoi n'ont-ils pas demandé à Evans ? Cet amateur de romans policiers les dévorait à toute vitesse. Il était tellement absorbé qu'il lui a fallu plusieurs sonneries avant de se rendre compte que son téléphone sonnait... Rik, quelle surprise...

Bonjour.

Pourquoi tu n'as pas décroché ? Rik avait l'air en colère. Mais pourquoi serait-il en colère, Ibrar n'en est pas sûr. Il était parti à Lava avec Neil pour quelques jours. Le peu qu'il avait vu l'avait convaincu qu'ils étaient plus que de simples amis. Il y avait sûrement plus...

Je lis juste un livre", répondit-il nonchalamment.

La réponse sembla irriter Rik. Il poussa un grognement dérisoire.

Ibrar l'ignore.

Je veux te parler.

Je suis en train de lire le livre, je te parlerai demain".

Rik s'est mis en colère et lui a lancé quelques mots cochons qui lui ont fait l'effet d'une musique érotique à l'oreille. Il aimait les mots sales et la passion qui les avait fait naître.

Qu'est-ce que tu fais ? demande Ibrar.

'Va te faire foutre... Qu'est-ce que ça peut te faire ?

C'est ce que tu as fait... Je t'ai appelé hier. Ton téléphone était éteint.

C'est parce que nous avons été coupés par un orage à Lava. J'ai marché deux kilomètres pour trouver une maudite tour et te parler...

Tu aurais pu t'épargner cette peine. De toute façon, retourne voir Neil. Tu as dû lui raconter un mensonge...'

Comment oses-tu ?

Parce que je te connais... à fond.

Rik s'est écrié "Va au diable" et a coupé la parole.

Ibrar a posé son portable, mais son visage n'était plus gai. Son expression était impénétrable. Mais ses yeux, si on les observait attentivement, étaient remplis du venin de la jalousie... après tout, il n'avait que dix-sept ans... il était très jeune et passionné, comme il se doit à cet âge... ce soir-là, après le match de football, il avait été très passionné et il n'était pas question que ce soit un coup d'un soir. Même si Rik l'avait voulu ainsi, l'appel à marcher deux kilomètres sur la neige avait prouvé que ce n'était pas le cas. Neil était avec lui mais il n'avait pas oublié Ibrar.

***

C'était une longue habitude qui était tombée en désuétude, mais des années de formation à l'autopsie, en tant qu'étudiant de troisième cycle et plus tard en tant que membre de la faculté, étaient restées gravées dans la mémoire de Ryan. C'était comme un réflexe inné.

Les quelques mois passés au sanatorium ont cependant fait de lui un homme différent. Il n'avait plus confiance en lui et le doute s'emparait de lui à la moindre occasion. L'affaire n'était pas facile, une mort subite chez un jeune. Il avait connu et, dans une certaine mesure, admiré cet homme dans sa vie. Il n'est pas facile de découper ce même être humain, de détruire les vestiges de son existence.

La morgue où il se trouvait était vieille, son toit suintait l'eau de pluie et ses murs étaient tachés de lichen. Le député local, président du comité de protection des patients, avait promis des fonds il y a quelques mois, lorsqu'il s'était engagé, mais rien n'avait encore été fait.

Il fallait qu'il règle cette affaire, d'une manière ou d'une autre, qu'il retrouve sa confiance en lui qui s'effritait. C'était la profession qu'il avait choisie et il ne pouvait pas la laisser tomber à un si jeune âge.

***

Ryan avait décidé de louer un chalet sur une colline au lieu des quartiers du campus de l'hôpital où vivaient les autres médecins et professeurs. Cette décision a fait l'objet de nombreux ricanements dans son dos. Il vivait dans un endroit différent, il ne faisait pas de commérages et il ne participait pas aux fêtes des médecins. En soi, cela suffisait à le désigner comme un ennemi. Les gens jugent vite et il a été jugé comme un homme antipathique qui se croyait supérieur à ses collègues. Ceux-ci lui ont donné le coup de froid classique, mais c'était seulement ce que Ryan désirait. Il voulait éviter leur compagnie, et ce n'était donc pas désagréable pour lui.

Dans l'ensemble, le cottage lui convenait. Il prit les jeeps et autres moyens de transport disponibles dans la région pour se rendre à la jonction et, de là, gravit à pied la pente abrupte jusqu'à son cottage. Un peu au-dessus de sa colline se trouvait la maison du célèbre écrivain Dhrittiman Neogi. Beaucoup de gens étaient venus ces deux derniers jours pour ce qu'il avait entendu dire être les célébrations du jubilé de l'auteur. C'était un petit endroit et les gens étaient enclins aux commérages, n'ayant pas grand-chose d'autre à faire. C'est l'une de ces personnes qui se trouvait dans le cottage qui gisait à présent dans sa morgue. Il s'agissait du secrétaire Prithwish, qu'il connaissait de vue car tous deux fréquentaient la bibliothèque locale le dimanche.

Il frissonna, même s'il ne faisait pas aussi froid qu'ici. Bagora et ses environs étaient froids. Le vent froid et tranchant qui traversait l'endroit comme un couteau coupant tout le long du chemin, un endroit froid et hostile, un peu comme il l'était maintenant. Cela lui convenait donc.

Il était devenu de plus en plus comme ça, replié sur lui-même. Il passait plus de temps à réfléchir et à travailler, menant une vie solitaire. Il n'avait plus d'autres centres d'intérêt que ses études et il avait décidé de s'y plonger. Laisser la police faire son travail, ce n'était pas le sien. Il avait changé depuis la dernière affaire. Il avait appris une dure leçon.

***

Chapitre 10

Les aéroports sont un microcosme du monde d'aujourd'hui. Qu'est-ce qu'on n'y trouve pas ? Des spas, des salles de sport, des salles de cinéma, des restaurants, des centres commerciaux et même des centres de conférence dans les grands aéroports.

Tout ce dont vous avez besoin, c'est de beaucoup d'argent à dépenser et vous l'obtiendrez. Shreya voyageait avec un billet en classe affaires, à la fin d'un voyage organisé par l'entreprise avec laquelle elle travaillait. Elle détestait voyager en classe économique et en était très fière. Comme pour tout dans sa vie, elle ne manquait jamais de profiter de toutes les opportunités qui se présentaient à elle. Aujourd'hui, un somptueux repas au salon d'affaires était l'occasion qui s'offrait à elle et elle en faisait bon usage. Pour elle, il s'agissait surtout d'un repas continental... les émotions avaient stimulé l'appétit et ce buffet gastronomique était excellent. Le bourdonnement continu de l'aéroport l'ennuyait, tout comme le mariage... il l'ennuyait à mourir et pourtant elle était consciente de son droit à conserver son mari... c'était comme conserver n'importe quelle autre propriété... rien de plus, rien de moins.

Le message des médias sociaux lui avait montré la vérité, comme la lumière aveuglante de Damas l'avait montré à Paul ; la chose la plus désagréable et la plus détestée, souvent, mais indéniable. Son mari faisait l'amour avec un autre homme. Un homosexuel... un gay... elle ne pouvait s'en défaire... ou plutôt un bisexuel. Il ne l'avait jamais déçue sauf ces derniers temps... lorsqu'il dormait seul. Les orientations changent-elles ? Elle ne le savait pas mais elle s'en doutait et c'est souvent pire.

Pas d'enfant depuis huit ans et la vérité des railleries qu'elle avait prises pour son mari ou de la part des parents conservateurs de Rik lui tordait le cœur et la mettait en colère... que diraient-ils ? Ils n'accepteraient pas... bien sûr qu'ils n'accepteraient pas, les hommes n'étaient pas en faute dans cette société. Même aujourd'hui... Aucun nom n'a été mentionné, mais le marquage était suffisant... le vol était annoncé... bientôt elle devait partir et bientôt elle le saurait. Le courrier n'était pas une preuve, mais il était suffisant pour qu'elle se mette en action et qu'elle les prenne au dépourvu.

***

Bien qu'il ait répudié Rik, Ibrar s'inquiétait de sa nouvelle relation.

Ces deux jours ont été passés dans une agonie, un désespoir. Il avait fait bonne figure, mais son cœur battait plus fort et il était très nerveux à l'intérieur. Il fume la drogue dont il est devenu l'esclave.

On frappa à la porte avant qu'il n'ait tiré deux bouffées. Un juron s'échappa de ses lèvres et il cacha le joint dans un endroit que personne ne pouvait penser à regarder et ouvrit la porte.

Un directeur à l'air sinistre se tenait sur le seuil. Il n'était manifestement pas très content et Ibrar était sûr de la menace que représentait son regard foudroyant. Cela n'augurait rien de bon pour lui.

Le directeur n'était pas un homme aimable ni prévenant. Quelque chose avait dû mal tourner. Il attendit le coup de tonnerre.

***

La famille de Rik est originaire d'un village primitif de l'est de l'UP. Elle était primitive en termes de pensée, de culture et de développement. C'est sa belle-mère qui lui mettait le plus de pression. Étonnamment, ce sont toujours les femmes qui exercent le plus de pression sur les autres femmes, les mêmes pôles se repoussent, c'est peut-être la théorie.

Le kul chirag ou la lampe de la famille manquait et c'était sûrement la mère ultramoderne qui était à blâmer. Il a essayé tous les types de pujas, havans, vrats, mais rien n'a fonctionné. Les dieux ayant échoué, elle décida de prendre l'affaire en main en s'introduisant dans la maison de son fils à Delhi et fut rapidement renvoyée par Shreya. Elle a soigné sa blessure et attendu le bon moment pour chasser sa belle-fille de la vie de son fils... pour toujours.

Shreya savait tout cela avec certitude et elle connaissait l'existence de cette arme alors qu'elle était assise en train de réfléchir dans le vol vers Bagdogra. Elle s'en servirait si tout le reste échouait. Pour elle, le mari était un bien et un bien qu'elle n'abandonnerait pas, quoi qu'il arrive.

Il restait une heure avant l'atterrissage à Bagdogra. Elle grignota son sandwich au concombre et sirota son jus de fruit mélangé qu'elle avait réservé à l'avance. Désormais, les sandwichs n'étaient disponibles que sur réservation. Depuis l'épidémie, la vie se compliquait, même pour les choses les plus simples. Le monde avait vraiment changé ou semblait avoir changé.

***

Neil était un être humain ordinaire. Fait de bien et de mal, plus souvent de mal peut-être. Il ne souhaitait pas être considéré comme un demi-dieu ou un messie. Il aimait les plaisirs de la vie, les plaisirs de la chair. Il voulait profiter de sa vie. Il ne croyait pas à la vie après la mort ni aux péchés. Qu'importaient les péchés s'il n'y avait pas de vie après la mort ? Il voyait ses passions telles qu'elles étaient... à la fois physiques et mentales. Il ne voulait pas aimer de manière platonique. Il ne pensait pas que cela soit possible, sauf dans le cas d'hypocrites ou de livres.

Il était une personne réelle et n'avait jamais été un hypocrite, du moins selon ses propres estimations. C'est ce qui le différenciait de son illustre père. Il savait qu'il n'avait pas le talent nécessaire pour devenir célèbre. Pour cela, il fallait quelque chose de plus que la normale, mais il était difficile de définir ce que c'était. Il n'est pas toujours possible de définir les choses comme on le fait dans les manuels, dans la vie il est difficile de définir les choses. Les connaître, oui, mais les définir, non.

De toute façon, il n'avait pas de temps à perdre avec ces questions métaphysiques. C'était le domaine de son père et il avait la chance de pouvoir gagner sa vie sans se creuser la tête sur ces questions stupides.

***

Les résultats de l'autopsie étaient obscurs. Parmi tous les cas d'autopsie que l'on voit à la morgue, la plupart sont faciles à détecter ou à diagnostiquer. Il y a des signes révélateurs à l'œil nu. C'est comme toute autre discipline médicale, sauf que ces diagnostics et ces opinions sont remis en question devant les tribunaux.

Les autres disciplines peuvent s'en tirer avec un blâme ou un mauvais traitement, mais les experts médico-légaux sont souvent mis en pièces par la défense, qui le fait pour établir son dossier. Il a toujours regardé au-delà de l'évidence, du moins selon lui. Le dernier cas lui est revenu à l'esprit avec force...

Ce cas de mort subite chez un jeune en pleine forme, sans rétrécissement des artères coronaires du cœur ni plaques. Pourtant, la personne qu'il avait rencontrée la veille au matin sur le marché où il était venu réparer ses lunettes cassées n'avait montré aucun signe de détresse.

Un cas classique de mort subite cardiaque chez le jeune. Un peu trop classique, toujours un doute.

S'il avait pu développer le gadget qu'il avait conçu, les choses auraient été différentes. Il manquait de fonds, mais pas d'idées. Il avait un rêve qu'il espérait réaliser un jour à l'avenir, mais en attendant, c'était l'histopathologie et d'autres aides.

Cette fois-ci, il se montrera prudent. Il n'était pas du genre à faire deux fois la même erreur.

***

Chapitre 11

Il faisait très froid. La tempête s'était calmée mais avait laissé dans son sillage de nombreuses destructions. Neil vit que la pièce était vide dans la pénombre qui entrait par un pan de rideau ouvert.

Où était Rik ?

L'amour laisse souvent dans l'esprit une tendresse que l'on ne peut obtenir autrement. Et souvent plus d'anxiété. Pourtant, les gens aiment. Parfois, Neil s'était demandé pourquoi ? Après la nuit d'hier, il le savait.

Neil se leva, enfila son blouson de cuir et son bonnet de laine et sortit de la maison. Rik était assis sur une chaise, juste à l'extérieur de la véranda, en train de fumer une cigarette. Neil sortit et lui toucha l'épaule.

Rik sursaute. C'était comme s'il n'avait jamais vécu dans ce monde.

Oh... c'est toi. Son visage est légèrement pâle

Oui, qui penses-tu que ce soit ? Pourquoi es-tu assis dehors par ce froid ?

'Rien, je réfléchis juste à quelques trucs'.

Quoi ?

'Rien, juste les choses qui se sont passées la nuit', il le regarda. Ce regard...

Neil rougit légèrement. Il a toujours été un peu timide... Rik ne l'était pas.

Maintenant, il est temps de penser à la réalisation de notre rêve. Je laisse tout pour notre relation. Tu dois le comprendre... Maintenant, le bébé. Nos deux semences et une mère porteuse. Il faut que ça aille dans ce sens, ça ne peut plus être superficiel".

Les yeux gris acier étaient inexorables.

Le coût...

'Tu dois le supporter. J'ai payé de ma relation. C'est votre part du marché. Après tout, vous avez obtenu ce que vous vouliez.

Il sourit. Un sourire qui semblait moins agréable et plus cruel qu'à d'autres moments.

Cela coûte cher à l'étranger. Le règlement ne nous permet pas de le faire ici, tu le sais...".

Bien sûr, je le sais, ma chérie... il s'agit d'environ 80 lakhs de roupies, le voyage, etc. revient à 10 millions.

C'est au-delà de mes forces.

Mais pas celui de ton père. Demande-lui l'argent... tu as les droits de tous les livres qu'il écrit... tous ces best-sellers.'

Comment peux-tu penser cela ? Tu connais ses opinions.

Peut-être qu'elles changeront lorsqu'il connaîtra l'amour de son fils...'

'Arrête...'

Non, je ne le ferai pas... entrez... nous avons besoin de quelque chose de chaud... il fait trop froid ici... on se gèle".

Rik, toujours plus fort que Neil, l'entraîne dans la maison et dans le lit. Une fois de plus, contre son gré, Rik fit l'amour. Une habitude était en train de se former et il le faisait... il y prenait plaisir et devenait l'esclave de ce plaisir.

Faire l'amour, comme tout le reste, est une habitude, même si les gens ne l'acceptent pas. Les gens acceptent rarement la vérité. Elle fait disparaître beaucoup d'émotions et d'illusions.

***

L'officier chargé de l'enquête était sur le point d'être muté et de passer la main lorsque la tragédie s'est produite au cottage de Whispering Pines. Il avait obtenu une affectation près de sa ville natale, ce dont il se languissait depuis des années. Son corps était ici, mais son cœur et son âme ailleurs. L'autopsie a révélé que la cause du décès était naturelle, ce qui est très satisfaisant. Un homme de la région, Norbu Sherpa, allait prendre la direction de son poste de police et Chatterjee, ses cartons emballés, se rendit au SDPO pour remplir les formalités nécessaires au lancement de la procédure de libération.

Un arrêt cardiaque, bien que rare chez les jeunes, n'était pas inconnu et, de toute façon, il était trop heureux de rentrer chez lui et n'était pas susceptible d'être dérangé par une quelconque énigme. Le gouvernement ne payait pas pour le travail et ne s'occupait pas de ce travail.

***

Prithwish n'avait pas de famille proche et avait grandi dans un orphelinat, d'où il était sorti avec brio en tant qu'élève méritant, avant d'aller au collège et à l'université. Il avait bien réussi et c'est seulement son aspiration à devenir auteur professionnel qui l'avait amené à quitter Kolkata pour s'installer dans les collines. Il n'y avait personne pour assister à ses funérailles, à l'exception de la famille de l'auteur et de ses invités, ainsi que de quelques habitants qui le connaissaient. Ryan n'assistait jamais aux funérailles, mais il a fait une exception dans ce cas. Il aimait bien le jeune auteur en herbe et était presque devenu son ami.

Sans soins, abandonné et mal aimé dans la vie, il s'en est allé tout aussi seul. Il faisait partie de ces malheureux, selon Ryan, dont la mort est aussi misérable que la vie. Les déodars et les pins en pleurs sont restés le seul témoin de sa fin dans les cendres, là où nous irons tous un jour.

***

Aimer, être aimé et annoncer cet amour au monde sont trois choses différentes. Neil était dans la troisième phase plutôt que dans les deux précédentes, il ne pouvait plus attendre. Les médias sociaux, la grande tentation du diable, étaient à portée de main. Cet outil a fait plus de mal que de bien, même si les gens ne sont pas prêts à l'accepter.

Le message était écrit, court, précis, provocateur et destiné à susciter la jalousie. Les quelques photos ont été ajoutées. Il avait été posté au clic uniquement à des amis sélectionnés... le mal était fait et maintenant c'était comme une flèche qui a été tirée, il n'y avait pas de retour possible... quelles que soient les conséquences présentes ou futures. Heureusement, il l'avait fait le premier soir, dans l'extase du moment. Maintenant qu'il y repense et qu'il se dit que c'était une erreur, on peut toujours effacer un message, Neil l'a fait. Le message a été supprimé.

***

Le nouvel inspecteur en charge était un homme différent. Norbu Sherpa arriva au chalet dans la matinée, alors que la plupart des membres de la famille s'activaient.

Les funérailles de Prithwish avaient eu lieu dans la nuit et il était arrivé le plus tôt possible, avant que les cendres ne refroidissent.

Il a demandé Dhrittiman Neogi en arrivant aux "pins qui murmurent", un nom qui l'avait fasciné. La police a la faculté innée d'inspirer la peur et même l'irascible Sreetama Sanyal l'a autorisé à pénétrer dans le bureau de l'écrivain, une activité normalement interdite.

Il a posé quelques questions concernant l'emploi de Prithwish, puis a procédé à une fouille minutieuse de sa chambre. Un agent de police et l'officier ont retourné la pièce dans tous les sens, prenant tout ce qui leur semblait avoir la moindre importance.

Finalement, ils ont pris l'ordinateur portable et le téléphone qui appartenaient à Prithwish. Au passage, ils ont posé quelques questions qui semblaient tout à fait normales. Pourtant, ils avaient ruiné l'humeur et le travail matinal de Dhrittiman Neogi, qui se tenait en travers, mais impuissant.

Après leur départ, il essaya en vain de se concentrer sur son nouveau livre. N'y parvenant pas, même après quelques heures, il se rendit dans le jardin, de mauvaise humeur.

L'éditeur, Mansukhani, était là, assis sur un banc, et il s'approcha de lui. Ils se mirent bientôt à discuter tous les deux, sous le regard de Kush, qui se trouvait à la fenêtre de la mansarde. Il pouvait voir tout ce qui se passait devant la maison. Une sorte de divertissement sinistre pour rester dans un poulailler, s'était-il consolé.

***

Un proverbe dit que les ennuis arrivent à cheval et repartent à pied. À 21h30, la cloche a sonné au cottage et comme il est difficile de se rendre à Bagora sans voiture et que l'arrivée de Rik et Neil n'était pas encore prévue, les sourcils se sont froncés dans le salon où tous les invités étaient assis après le dîner à regarder la télévision.

Une femme se tenait sur le seuil, la pluie et la brume se mêlaient à ses cheveux qui gouttaient lentement. Ce n'était pas un beau visage, mais un visage peint, jaloux et plein d'arrogance.

Où est mon mari ? Elle sursaute.

Qui ? demanda Sreetama, très perplexe.

Mon mari est ici. Rik Sharma, je suppose qu'il est ici.

Oh, vous êtes sa femme, mais non, il n'est pas là. Il est parti à la lave pour deux jours.

Lava ! Pourquoi je pensais que je le trouverais ici ?

Ce que vous pensez n'a souvent aucune importance dans la vie", dit Sreetama avec aspérité.

Je veux dire qu'il était censé venir ici pour voir son ami de l'université.

C'est ce qu'il a fait, et maintenant les deux sont partis dans la lave.

La femme semblait à moitié folle et regardait bêtement autour d'elle.

Eh bien, vous savez maintenant qu'il n'est pas ici. Remarqua Sreetama d'un ton glacial.

Non, je veux dire que vous avez son adresse ?

Non, je ne l'ai pas et il est assez tard... alors... vous pouvez partir maintenant.

'Où puis-je aller maintenant?'

"C'est à vous de décider, ma chère, il y a des hôtels à Kurseong".

Kurseong est assez loin et je n'ai pas de voiture, je me suis fait déposer ici.

Sreetama est restée silencieuse, sans prononcer un seul mot qui aurait pu sembler bienvenu à cette invitée indésirable. Elle pouvait facilement deviner que sa présence ici était indésirable et inattendue.

Laissez-la entrer", dit une voix provenant du fond de la pièce. Dhrittiman Neogi se tenait debout, en robe de chambre et en pantoufles. Le bruit semblait l'avoir fait sortir du bureau.

Sreetama s'écarta pour la laisser entrer sans un mot, bien que ses yeux racontent une autre histoire.

Vous êtes ici à une heure étrange et vous ne trouverez pas de moyen de transport à cette heure-ci. Vous êtes la femme de l'ami de mon fils. Vous pouvez donc rester ici jusqu'à ce qu'il rentre dans sa chambre.

Merci beaucoup...

Dhrittiman ne répond pas et se tourne pour quitter la pièce.

Sreetama dit : "Puisque mon beau-frère vous a donné la permission, entrez avec vos bagages et suivez-moi.

On la conduisit bientôt dans une chambre, la deuxième de l'aile droite. Une chambre terne et sans vie, avec un lit double.

Bonne nuit.

Sreetama est partie en claquant la porte.

Elle n'avait rien mangé depuis l'aéroport de Delhi et personne ne l'avait invitée à dîner. Le cœur amer, après avoir fait sa toilette, elle est allée se coucher l'estomac vide. Il faisait froid aussi.

L'amertume, la déception et la faim vont souvent de pair.

***

Norbu Sherpa referma le couvercle de l'ordinateur portable qu'il avait apporté du bureau. C'était l'ordinateur portable qu'il avait saisi le matin dans la chambre de Prithwish, dans les pins chuchotants, et il en attendait beaucoup. Il n'avait rien donné. Les verrous d'identification des visages et des empreintes digitales l'avaient déconcerté.

Il était maintenant contraint de l'envoyer scellé à Siliguri et de là, à la cellule cybernétique de Kolkata pour tenter de le déverrouiller. Il connaissait très bien la cybercellule. Des milliers d'affaires y sont en suspens et la main-d'œuvre y est insuffisante. Il lui faudrait des mois avant d'obtenir quoi que ce soit d'eux, si tant est qu'il en obtienne.

Il éteignit les lumières et essaya de dormir. La matinée de travail avait été gâchée.

***

C'était une vaste maison de campagne. De structure géorgienne, comme Shreya le savait grâce à ses connaissances d'architecte. Elle avait obtenu une licence dans ce domaine avant de s'orienter vers la sociologie sur laquelle elle travaillait actuellement. Deux ailes partaient du hall principal, qui comportait également un escalier central menant à l'étage supérieur. Construite dans un mélange de briques rouges et de bois, avec en toile de fond le feuillage des grands pins, la maison ressemblait à une carte postale sortie des calendriers, une sorte d'étoffe de rêve.

Elle était grande, avec dix chambres, ce qui n'est pas le cas de toutes les maisons de nos jours, et pouvait accueillir un certain nombre d'invités à la fois. Shreya avait pris la chambre de Rik en son absence et essayait de tout comprendre, car le sommeil ne venait pas, bien qu'elle soit fatiguée et affamée.

Chapitre 12

Un million de lucioles scintillantes parsemaient le versant opposé, des maisons où les gens poursuivaient le voyage qu'on appelle la vie.

La voiture roulait sur la route en spirale et, dans l'obscurité, sur la banquette arrière, Rik caressait Neil, doucement, et lui caressait les cuisses. Dans l'obscurité de la voiture qui n'était éclairée que de temps en temps par les phares d'une voiture qui approchait, le conducteur ne pouvait jamais voir ce qu'ils faisaient. Les cuisses sont chaudes, Rik les caresse.

Neil avait un peu plus d'appréhension. Il ne connaissait pas l'impact de son post mais il était certain qu'il créerait un impact. Shreya était une femme agressive qui ne se laisserait pas faire facilement.

La voiture était presque arrivée à Bagora et les lumières étaient visibles un peu plus haut que le cottage qui se trouvait sur l'un des points les plus élevés du petit hameau, niché parmi les grands arbres à feuilles persistantes.

Un nuage semblait envelopper la base des troncs, de sorte que les arbres semblaient flotter dans l'air.

La vie crée tellement d'illusions. Tout comme l'amour.

**

Depuis son arrivée au cottage, Shreya était nerveuse comme un chat. Toute son agressivité disparaissait rapidement face aux deux personnes, l'auteur Dhrittiman Neogi et sa belle-sœur, le pivot de cette famille, l'irascible Sreetama Sanyal et tout un tas d'invités qui se trouvaient au cottage pour ce jubilé d'argent de la carrière de l'auteur qui a écrit son livre. Il avait presque soixante-cinq ans, ce qui signifie qu'il avait été publié pour la première fois vers quarante ans. Shreya pensait que c'était l'âge idéal pour devenir écrivain, lorsqu'un homme est mûr mais pas encore vieux. Une fleur épanouie, comme on dit, pleinement épanouie.

Elle avait fait les cent pas dans la cour, enveloppée dans un épais cache-nez blanc. Il faisait froid ici à Bagora. L'altitude était de près de 8500 pieds. Plus haut que Darjeeling. Un nuage s'enroulait autour des arbres comme son cache-nez, pas encore trop serré.

Une voiture arrivait sur la route. Il y avait si peu de voitures qui venaient à cet endroit la nuit qu'il était facile d'en repérer une. Elle approchait de Bagora. Shreya respire profondément et se stabilise. Elle ne sait pas s'il s'agit de la voiture qui a amené son mari, mais c'est possible.

C'était l'heure de l'épreuve de force et le premier coup devait toujours compter. Ce n'était pas un sujet très agréable et elle n'avait parlé à personne de l'objet de sa visite. C'était gênant.

***

La voiture s'arrêta devant les portes du cottage sous le portique, Shreya ne s'était pas trompée. Neil sortit le premier de la voiture et vit la femme qui la fixait. Il avait vu ses photos sur les réseaux sociaux, il n'y avait pas d'erreur possible sur ce visage large au nez émoussé. Shreya était là et attendait. Au moins, il ne se faisait pas d'illusions sur ce qu'elle attendait. Neil n'était ni stupide ni idiot. Il se sentait mal à l'aise.

Rik sortit ou plutôt glissa de la banquette arrière. Il recula d'un pas, presque comme s'il était choqué au plus haut point... sa femme se tenait là, à la porte, et son visage sinistre n'avait rien d'accueillant.

S'il avait des pouvoirs d'imagination, il n'avait certainement pas imaginé cela. Cela dépassait son imagination.

Tu es là ! éjacula-t-il.

Oui, vous pensiez pouvoir vous enfuir simplement parce que vous n'aviez pas quitté votre destination ? Il y avait dans sa voix un mépris tranchant et une colère réprimée qui s'entremêlaient.

Elle se retourna en jetant un regard furtif à Neil et Rik et rentra dans le cottage.

Rik regarde nerveusement Neil qui, lui aussi, semble à court de mots.

Tu devrais y aller et mieux lui parler" dit-il enfin. Mais tu dois venir me voir le soir, je laisserai la porte-fenêtre ouverte toutes les nuits. De plus, les clés de toutes les portes se trouvent dans le deuxième tiroir de son bureau, elles sont toujours là en cas d'urgence, ce sont toutes des serrures de Yale.

Hochant la tête, Rik suivit rapidement l'escalier jusqu'au hall d'entrée, puis jusqu'à l'aile droite.

***

En entrant dans sa propre chambre, Rik ressentit une pointe de peur. Il connaissait bien Shreya. Elle pouvait être dangereuse si elle était enragée. Comme un chat sauvage... féroce.

Alors, tu es enfin là".

Qu'est-ce qui t'amène ?

Shreya lance un regard flamboyant à son mari.

Comment s'est passé ton petit séjour avec ton ami, pardon ton petit ami ?

Ce ne sont pas tes affaires.

Oh si, c'est tout à fait mon affaire. Tu t'es éclipsée pendant que je n'étais pas là. Tu n'as même pas eu le courage de me le dire en face, sale bâtard.

Baisse d'un ton, ces murs sont en bois et minces. Les gens nous entendront.

Alors, qu'est-ce que c'est pour moi ? Oh, le vernis de la respectabilité. Tu aimes toujours jouer la comédie, n'est-ce pas ?

Tu n'étais pas là, tu étais quelque part avec tes amis dans une station balnéaire.

Ah, l'excuse. Bien sûr, vous ne savez pas faire autrement. Qu'est-ce que tu penses faire ?

Rien que vous ne sachiez. Je pense que vous savez très bien quel est le problème. Rik s'attaque au point le plus sensible.

Toujours le même Rik Sharma, un enfant. Une femme n'est rien d'autre qu'un outil de procréation pour vous".

C'est ce que nos ancêtres nous ont appris", répond Rik froidement.

Tu es toujours sur la terre de tes ancêtres, espèce de villageois arriéré, toi et ta mère.

Shreya, ne dépasse pas tes limites.

'Limite, hein ! De quelle limite parlez-vous ? C'est la faute de ta mère. Je l'ai mise à la porte quand elle est venue avec toutes ces herbes et ces amulettes dans notre maison. C'est pour cela qu'elle se venge en essayant de t'éloigner de moi. Je connais tous ses tours diaboliques.

'Tu vois qui parle en termes d'arriération. Quoi qu'il en soit, je veux un enfant, c'est tout".

Neil va-t-il porter ton enfant ? Est-il hermaphrodite ou est-ce une femme qui cache son sexe ?

Rik sourit : "Il n'est pas toujours nécessaire de porter un enfant directement. Il y a plusieurs façons de déjouer la nature. Ce sera mon enfant. C'est définitif.

Hmm, je crois que je sais comment tu as prévu cela. Tu es méchante... Je ne te dirai pas comment je le sais, mais je le sais, je le sais vraiment.'

Si tu le sais vraiment, ça n'a pas d'importance, et si tu n'arrêtes pas tes conneries. Je vais aller le voir. Bonne nuit.

Rik sort en claquant la porte. Shreya est restée en proie à une rage impuissante.

***

Neil était très inquiet. Sa relation, qui avait atteint son apogée à la lave, lui avait donné de grands espoirs. Une personne peut vivre sans espoir pendant longtemps, mais l'espoir, une fois éveillé et accompagné d'un désir croissant d'en avoir plus, est dangereux. Posséder et être possédé est un sentiment dangereux. On oublie tout face à ce désir. Telle était sa situation.

Il était fatigué, mais heureux, jusqu'à ce qu'il ait vu Shreya. Maintenant, ce plaisir avait été remplacé par de l'anxiété.

Shreya l'avait regardé avec des yeux venimeux, il savait pourquoi. Ce message sur les réseaux sociaux l'avait amenée ici. Il l'avait fait dans un moment d'impétuosité. Nous sommes tous irréfléchis à un moment donné... Il avait été irréfléchi, en essayant d'informer le monde de son succès. Nous aimons tous la reconnaissance et l'approbation du monde entier, c'est la nature humaine. Son antagoniste n'avait pas hésité, elle était venue directement sur le champ de bataille, toutes armes dehors. C'était maintenant son véritable test...

Alors qu'il réfléchissait au meilleur stratagème pour contrer Shreya, la porte-fenêtre s'ouvrit, lentement, en pivotant sur ses gonds, et un vent glacial pénétra dans la pièce chaude.

**

Chapitre 13

La plupart des intérêts de Rik dans la vie étaient feints. Il y en avait cependant un qui était authentique, même s'il était aussi faux qu'un homme, et c'était la photographie animalière. Quiconque consultait ses réseaux sociaux pouvait voir la flore et la faune exotiques qui ressortaient de son profil à la place de ses propres photos.

Les environs de Bagora regorgeaient d'orchidées de variétés rares et de fleurs qu'il n'avait jamais vues auparavant, quoi qu'il arrive, il ne pouvait pas laisser passer cette occasion.

Il avait passé une journée très agréable dans l'arrière-pays et rentrait juste au moment où le soir commençait à descendre sur les collines. La nuit tombe soudainement, un manteau noir s'étend et recouvre toutes les montagnes, et il n'y a plus que l'obscurité tout autour.

Rik, qui a grandi en ville, n'avait jamais connu auparavant l'obscurité écrasante et sa puissance. Était-ce apaisant ? Il ne le savait pas, mais elle le couvrait et il se sentait très fatigué par la lutte entre sa femme et son ami... ou son amant, pourrait-on dire. Mais Rik aimait-il vraiment quelqu'un d'autre que lui-même ? S'il se posait la question, il n'aurait qu'une réponse et il la connaissait.

Il passa rapidement devant la boutique où la femme était assise en train de couper des choux. Il semblait que c'était le seul travail qu'elle faisait de toute la journée, de toute la vie. Si l'on peut appeler cela la vie... il ne le pensait pas.

***

C'est avec inquiétude qu'elle pénètre dans le bureau du grand auteur. La réputation vous fait faire des choses étranges. Elle avait le pouvoir et la capacité de soumettre les personnes agressives. Shreya s'en rendit compte très clairement.

L'homme ne ressemblait pas du tout aux photos figurant sur les jaquettes des livres. Elle avait acheté l'un de ses célèbres best-sellers à la librairie de l'aéroport. Tout d'abord, il était beaucoup plus âgé que sur les photos. Il y avait aussi cet air froissé et détruit sur le visage, que la main du destin, cruelle, peut donner à une personne. Cet homme semblait complètement détruit.

Qu'est-ce que vous voulez ? dit la voix, beaucoup plus puissante qu'on ne s'y attendait de la part d'un visage et d'un corps froissés, assis, affaissé, dans un immense fauteuil noir rembourré, derrière un énorme bureau jonché de piles de papiers, de dossiers et d'un énorme ordinateur de bureau.

Il y avait dans la voix un mépris froid et tranchant et une arrogance qui vous faisaient frémir de colère. Au fond de soi, la flamme s'est allumée.

Faites vite, voulez-vous, et contrairement à vous, j'ai du travail. Ne restez pas là à me regarder bouche bée".

Shreya trouva sa voix, bien qu'elle parût un peu artificielle et dure à ses propres oreilles.

Je veux parler de votre fils.

Les yeux s'enflammèrent. C'étaient les yeux du diable.

Je ne suis pas la gardienne de mon fils. Vous comprenez ? Va-t'en.'

Mais...

Pas un mot de plus, va-t'en.

Shreya sortit en trombe du bureau et entra dans sa chambre après avoir donné un coup de pied et claqué la porte, enfonça sa tête dans l'oreiller et se mit à sangloter. Son mari, pour lequel elle avait subi la pire des insultes, était comme d'habitude introuvable.

***

Avoir cinquante-cinq ans et ne pas être mariée, c'est du gâchis. C'est ainsi que la société, en particulier la société indienne, vous voit, surtout si vous êtes une femme. Sreetama Sanyal a consacré sa vie au service de son beau-frère et de son fils après que sa sœur, la mère du garçon, soit morte en couches.

Un homme qui reste célibataire jusqu'à cet âge peut chercher à s'isoler davantage et la sécheresse est souvent acceptée comme une question de choix, ce qui n'est pas le cas pour une femme. Elle espère nouer de nouveaux liens et prodiguer sa fontaine d'affection et d'amour à quiconque est disposé à recevoir ces cadeaux. La valeur du destinataire devient secondaire à ses yeux.

Les années passées avec son beau-frère veuf, qui s'était trop plongé dans son travail, n'ont pas permis d'extérioriser ces émotions refoulées.

Alors que Neil grandissait sous ses yeux pour devenir un homme brillant et séduisant, elle se sentait baignée dans cette gloire, même si elle la reflétait.

***

Si Madhuparna avait un défaut, c'était celui d'écouter aux portes. Elle en avait plusieurs, mais c'était la principale. Elle avait entendu tout ce qui s'était passé dans le bureau et était maintenant assise dehors sur l'un des bancs du jardin, juste devant la fenêtre de la chambre occupée par Shreya et Rik. C'était la deuxième pièce de l'aile droite et il n'y avait pas de mal à s'asseoir. Personne ne ferait attention à quelqu'un assis sur les bancs ; ils sont faits pour cela. Pourtant, son oreille était attentive à tout ce qui se passait à l'intérieur de cette pièce, à tous les bruits qui s'en dégageaient. Quelque chose comme un sanglot étouffé. Elle savait qu'elle détenait le vestige du secret qui pouvait ouvrir les cordons de la bourse. Kush était un imbécile. Il interrogeait son oncle avec beaucoup de ricanement et de mépris dans la voix. Elle l'entendait clairement et elle était sûre que l'auteur s'en était rendu compte lui aussi. C'était pour elle qu'il ne l'avait pas mis à la porte.

Rik pouvait revenir d'un moment à l'autre et elle, qui n'avait entendu que des bribes de la conversation, pourrait alors se prémunir contre la querelle qui ne manquerait pas d'éclater entre le mari et la femme. Elle pourrait obtenir des informations précieuses pour confirmer ses soupçons et alors elle arriverait à ses fins.

**

Chapitre 14

Que veux-tu dire par ne pas venir à ma rencontre et partir à Lava ? Le visage d'Ibrar montrait tous les signes d'être bouffi. Il semblait avoir pleuré entre-temps...

Rik pouvait être très réconfortant quand il le voulait. Il passa sa main sur les épaules du garçon inconsolable et lui donna un léger baiser sur le côté du visage.

Ibrar rougit. Visiblement, car il était très pâle, ce qui n'échappa pas à Rik, qui avait l'habitude d'être attentif à ces signes.

Oh, bébé, ne sois pas triste, c'était un programme préfixé. Je devais partir car Neil n'aurait jamais accepté de changer le plan. Mais maintenant, je suis avec toi".

Mais pour combien de temps ? Tu vas bientôt retourner dans ta masure".

Rik rit de son rire enchanteur en rejetant la tête en arrière.

Où vais-je rester, dans votre auberge ?

'Oui...'

Oui ?

Ils étaient tous les deux allongés sur un tapis d'herbe douce, entourés d'une grande armée de pins. Rik, qui était toujours sur le qui-vive, entendit un bruissement.

Tu as entendu ça ?

Quoi ?

Un son.

Quel bruit ?

Un bruissement.

Il doit y avoir un serpent dans l'herbe", dit Ibrar en riant.

Il chatouille Rik dans le ventre et les deux rient. On sentait que les temps étaient bons. Si quelqu'un était là pour les observer, qu'il aille au diable, comme le pensent les amoureux lorsqu'ils s'amusent, ils sont trop amoureux d'eux-mêmes pour penser à autre chose.

***

Elle ferma la porte et sortit dans le passage. Tout était calme... le cottage semblait mort. C'était une pensée étrange, mais elle lui vint à l'esprit. Il y avait tant de monde et pourtant c'était le silence absolu. Elle avait entendu dire que c'était l'heure d'écriture de l'écrivain et qu'il l'avait ordonné. Il fallait qu'elle aille se promener. Il commençait à être neuf heures, l'heure habituelle de sa promenade. Elle avait besoin de se changer les idées. Enveloppant un cache-nez et enfilant son long manteau, elle se mit en route à vive allure pour la montée qui menait à la tor. Elle avait été athlète à l'université et sa condition physique avait toujours été bonne. En vingt minutes, elle atteignit le sommet de la colline. Les grands arbres étaient à peine visibles dans le brouillard épais qui avait enveloppé toute la colline comme un manteau blanc. Quelques minutes plus tard, elle entendit des pas s'approcher et, étrangement, personne n'apparut. Les bruits de pas semblaient s'être évaporés et elle retourna lentement au cottage, doutant de son ouïe et de ses sens. Elle était trop inquiète et devait donc se faire des idées. Cela arrive... et cela s'est produit tous les soirs au cours des dernières promenades nocturnes. Elle ne voyait personne, ce devait être une erreur de sa part. Elle décida de l'ignorer, on ne sait jamais ce qui arrive quand on commence à entendre des sons et des voix ; peut-être la schizophrénie, mais elle n'allait pas accepter cela dans sa vie, c'était déjà assez compliqué.

***

Certains pays sont favorables aux mères porteuses et d'autres non. Il n'y a pas de raison précise à cela, si ce n'est qu'il s'agit de pays humains et que leur comportement est souvent difficile à prédire. Il peut s'agir d'un sens accru des droits de l'homme ou des droits du peuple ou du droit de choisir d'un individu, mais souvent les mêmes pays sont assez pédants et erratiques dans leur comportement envers les nations moins développées lorsqu'il s'agit de leurs propres avantages en espèces ou en nature.

La famille traditionnelle, qui s'est effondrée depuis longtemps, a été remplacée par la famille nucléaire, mais les gens choisissent leur propre vie et leur propre destin. Neil, dans son état d'esprit actuel, s'est attardé sur cette question et a pensé qu'il aurait été plus prudent de s'installer plus tôt dans l'un de ces pays. Il n'était jamais trop tard, mais la trentaine est un âge difficile pour s'engager dans une voie. Souvent, le fait de passer des examens fastidieux et de s'en préoccuper devient assez pénible pour soi-même et, bien sûr, pour les autres.

Il devait maintenant envisager la deuxième option que Rik lui avait donnée. L'un de ces petits pays voisins était sous la coupe de l'une des superpuissances géantes et était un paradis pour ce type de maternité de substitution rémunérée. Le gouvernement ne savait pas que les règles étaient bafouées ou fermait les yeux. Si les pauvres obtenaient un revenu au prix de leur utérus, ils ne voudraient pas renverser le gouvernement, n'est-ce pas ?

L'argent qu'il pouvait obtenir, le montant que Rik avait indiqué pour les économies et les droits d'auteur de son père. Il n'y a qu'un seul problème, et il n'est pas des moindres. Son père était un homophobe notoire, et une fois qu'il saurait à quoi servait cet argent, il aurait des ennuis... de gros ennuis.

Il soupçonnait Shreya de pouvoir, à tout moment, depuis qu'elle était arrivée, aller voir son père et lui en parler. Il était sûr qu'elle ne l'avait pas encore fait, le langage corporel de son père le lui assurait, mais la question était de savoir pour combien de temps.

Une fois qu'elle aurait parlé, le chat serait parmi les pigeons...

***

La peur est la clé de la survie dans la vie. Si vous n'avez plus peur, vous risquez de mourir rapidement de quelque chose que vous auriez pu éviter. Nous avons tous probablement peur de quelque chose. Quelqu'un qui a peur des hauteurs, des insectes, des araignées, de la poussière, même de trop d'amour, et la plus grande de toutes ces peurs est la peur de la société.

Rik avait peur que Shreya perde le contrôle à tout moment et le plonge tête baissée dans ce puits sans fond, elle avait l'air sur le fil et nerveuse.

Il avait également peur d'Ibrar, qui était assez impulsif. Il avait toujours été conscient de sa sexualité, mais l'avait gardée sous contrôle. Mais la soupape une fois libérée ne s'arrêtait plus. Il palpitait de peur et d'amour. Il ne semblait pas savoir quelle serait sa réaction, la fuite ou la lutte.

***

Kush était assis à la petite fenêtre de sa mansarde et tapotait sur son ordinateur portable. On lui avait donné la chambre du haut de la maison. Il n'aimait pas cette petite pièce exiguë infestée de rats et il détestait encore plus le travail qu'il était en train de faire, la biographie de l'auteur Dhrittiman Neogi.

On ne peut pas bien écrire sur quelqu'un qu'on n'aime pas ou pour lequel on n'a pas au moins un peu de respect ou d'estime, et Dhrittiman Neogi n'avait ni l'un ni l'autre. Pourtant, il avait besoin d'argent ; un diplôme d'anglais, même délivré par une grande université, ne garantit pas un succès immédiat en tant qu'auteur de scénarios, ce qu'il avait l'intention de faire ; il y avait beaucoup de travail à faire. Il aimait Madhuparna et savait à quel point elle était exigeante, à quel point sa mère était tatillonne et à quel point elles étaient toutes les deux égocentriques.

Il fallait prendre des risques et il avait vu quelque chose tous les soirs de la fenêtre de sa mansarde, tous les soirs à la même heure. S'il en avait l'occasion à l'avenir, il en profiterait. Il n'était pas sûr de ce qu'il avait compris de ce qu'il avait vu, mais ce qui était sûr, c'est que c'était quelque chose qui sortait de l'ordinaire, quelque chose d'étrange, et que cette connaissance pouvait toujours s'avérer utile.

***

Chapitre 15

L'amour d'un père pour son enfant est quelque chose qu'il est souvent difficile d'appréhender et de comprendre à partir de leur point de vue apparent. Neogi aimait son fils plus que quiconque au monde. Bien qu'il soit un homme indifférent en apparence, il était ouvertement émotif lorsqu'il s'agissait de son propre fils. Sous son apparente indifférence se cachait une profonde inquiétude pour son fils.

Sa principale préoccupation après que les propos de cette femme méchante et stupide qu'était Shreya l'eurent alerté sur les liens affectifs de son fils.

En tant qu'écrivain, il comprenait les gens. Il comprenait que son fils traversait un énorme dilemme, même s'il n'en avait pas parlé à son père.

Selon lui, la cause était claire. L'influence corruptrice de ce méchant Rik, qu'il avait toujours détesté. Il était intrigant, lunatique et insensible aux émotions des autres. Il sentait une sorte de tension sur le visage de son fils lorsque son ami était présent. Comme s'il craignait de dire quelque chose qui pourrait contrarier son ami.

Son fils n'était pas marié, mais son ami l'était et il était venu sans sa femme. Shreya l'avait suivi et si l'on en croit la récente déclaration, il était inquiet. Ses droits sur les livres avaient toujours été au nom de son fils.

Les relations étaient compliquées de nos jours. Son dernier roman, qui condamnait l'abolition de l'article 377, avait reçu un accueil mitigé. Une partie de la population avait protesté, des rassemblements avaient eu lieu. Il avait reçu un prix, mais il avait pris conscience du changement.

Prithwish n'étant plus là, il était inquiet, il y avait des échéances, des délais à respecter pour un auteur professionnel. Il n'arrivait pas à se concentrer, même s'il essayait de se calmer. Son prochain roman devait être publié sous peu et Mansukhani était là, faisant monter la pression.

Cela allait être une épreuve, mais le plus important était son fils. Il éclipsait tout le reste. Tant qu'il serait en vie, il ne lui permettrait pas de se faire du mal.

***

Une légère brise soufflait. Rik, ses longs cheveux soufflant vers l'arrière, les cheveux qui poussaient sur le front s'étalaient maintenant sur l'herbe douce comme de l'herbe.

En face de lui était assis le bel Ibrar, le visage un peu bouffi... Comment avez-vous apprécié votre voyage ? Il y avait une certaine aspérité dans les questions qui n'a pas échappé à Rik... Il a ri. Ce rire contagieux qui en avait étonné plus d'un.

Es-tu jaloux ?

Mais qu'est-ce que c'est que ça !

Rik rit et se caresse les cheveux. Pose-toi la question.

Va te faire foutre...

Alors, comment ça va, l'amour...

Qu'est-ce qui te prend ? Tu es parti à Lava avec ton copain.

***

En attendant que Rik revienne du marché, Neil s'impatiente un peu. Ces visites régulières au marché le surprenaient. Le marché se trouve à environ 8-9 kilomètres et Rik fait partie de ceux que l'on qualifie généralement de paresseux.

Où est ton ami ?

commence Neil. Shreya se tient debout, les mains sur les hanches, les yeux brillants.

Je ne sais pas. Il est parti au marché. Appelle-le si tu veux.

Comme s'il était disponible au téléphone. J'ai parlé à ton père.

Neil déglutit. Il savait ce que cela pouvait signifier.

Il attendit en silence, Shreya était impulsive, elle allait forcément sortir le grand jeu.

Il a refusé de m'écouter. Il était si arrogant, mon Dieu !

Le romancier l'avait donc renvoyée avec une puce dans l'oreille... intéressant.

Connu pour ses idées homophobes au vitriol, c'est pour le moins surprenant.

Il a dit qu'il ne croyait pas un mot de ce que j'avais dit et que je devais partir dès que possible. Demain avec Rik, c'était son ordre... aucun autre mot ne peut expliquer sa façon de transmettre. Ne jamais revenir", ajouta-t-elle en jetant un coup d'œil narquois à Neil.

Elle était comme ça, rusée comme un renard et méchante. Elle faisait ce qu'elle voulait, elle éloignait Rik de lui. Mais d'une manière détournée.

Hmm... il n'y a plus rien à dire à ce sujet alors. C'est sa parole qui fait loi ici. Elle est inviolable.

Oui, si vous le dites. Je dois retrouver Rik. Shreya se dirige vers la porte... à plus tard.

Neil est resté figé. Tous ses rêves s'effondraient. La mère porteuse qu'ils avaient tous les deux planifiée. Les économies réalisées pour payer l'avance sur les réservations... les paiements clandestins effectués par Rik. L'argent avait été transféré... pas encore, mais bientôt il le serait. Rik pouvait être faible, très faible face à la société. Il n'avait pas oublié ce qui s'était passé il y a des années.

Le ciel semblait lui tomber sur la tête.

***

Mlle Sanyal était à la recherche de Rik. Elle voulait savoir ce qu'il en était réellement... Rik était trop diabolique, pensait-elle.

Elle connaissait son neveu. Il avait bon cœur, était émotif et malheureusement stupide. Elle avait remarqué qu'il s'était fait rouler dans la farine par la rusée Rik... Elle ne s'était jamais mariée et une vieille fille est généralement rusée. Elle avait remarqué plus que ce qui apparaissait à l'œil nu.

Il se faisait tard et Rik n'était toujours pas rentré. Était-ce un autre jeu qu'il jouait ?

***

Rik s'attendait à ce que le chauffage soit allumé. Il était parti depuis presque trois heures.

Où étiez-vous ? demandent Shreya et Neil sous le regard de Mme Sanyal. Il était évident qu'il s'était passé quelque chose entre-temps.

Au marché", répond laconiquement Rik.

Comment se fait-il que cela ait pris autant de temps ? demande Shreya, qui semble la plus fâchée des trois.

Il faut que je vous parle tout de suite, venez dans la pièce" dit Shreya en tournant sur ses talons et en joignant le geste à la parole.

Rik, avec un regard impuissant sur les autres, la suivit comme un agneau docile. C'est ce qui irritait le plus Neil chez Rik. Une grande gueule qui ne pouvait pas s'opposer à la moindre menace. Neil n'était pas comme ça. Il était calme, mais il savait comment il devait se battre contre le monde, qui était le plus souvent gentil.

Sreetama ressentit une douleur en voyant les yeux de Neil. On pouvait les lire trop facilement.

Elle ne pouvait pas supporter cette torture sur Neil, elle l'aimait trop.

***

Elle s'attendait à ce que Neil soit quelque peu efféminé. Bien qu'elle se considère comme appartenant à la secte des femmes ultramodernes, féministes et agressives, son mode de pensée était assez vieux jeu lorsqu'il s'agissait d'hommes gays et de leurs prototypes. Considérant que son mari était viril à ses yeux, elle s'attendait à une attitude un peu plus féminine de la part de cet autre homme.

Mais contrairement à ses attentes, elle avait été très surprise. Neil était très beau, charmant et même s'il était clair qu'il l'évitait, elle ressentait une étrange attirance pour lui.

Après avoir surmonté les premiers jours, elle a senti que Neil était beaucoup plus attentionné, gentil, prévenant et un être humain infiniment meilleur. Il était tout ce que son mari n'était pas. Mais cet homme pouvait la priver de son sentiment de sécurité et de respectabilité, au même titre que son mari. Il représentait une menace pour sa vie. Pourtant, l'attrait de cet homme était irrésistible et elle avait de plus en plus de mal à se contrôler. Elle doit maintenant prendre une décision définitive.

Son esprit est embrumé. C'était l'heure de sa promenade nocturne. On pouvait régler l'horloge sur son temps. Elle était ponctuelle dans ses activités et en était fière.

***

Ibrar était assis dans sa chambre lorsque la porte s'est ouverte et que le directeur est entré.

J'ai quelque chose à vous dire".

Ibrar posa le livre qu'il était en train de lire. De quoi s'agit-il ?

C'est à propos de nos affaires, tu n'es pas rentré chez toi depuis deux mois, l'argent et le stock s'épuisent. Tu dois partir demain ; j'ai parlé à la société.

Non, je ne peux pas partir maintenant. J'ai un travail important à faire ici.

Quel travail, salaud ? Ce putain de Rik ? Ne crois pas que je ne sais pas tout. Tu vas avoir de gros ennuis si j'ouvre la bouche".

'Oh, c'est vrai ! Tentez votre chance, s'il vous plaît. Ibrar rit. Un rire de cheval qui rendit Kashif encore plus furieux.

Attendez et regardez comment je vais tuer votre histoire d'amour... attendez".

Kashif claqua la porte et se rendit dans sa chambre. Il prit le téléphone et composa le numéro, qui fut décroché après quelques tentatives.

***

Tu retourneras chez mon père demain. C'est définitif". Le ton de Shreya était dur et métallique.

Rik s'attendait à autre chose. Shreya avait pris une position ferme et maintenant il était temps de sortir du dilemme dans lequel il s'était toujours trouvé. La dernière bouffée d'affection semblait avoir disparu de son cœur, il ne restait plus rien de ce qui avait conduit au mariage. Il avait toujours été faible, toujours soumis aux caprices de sa femme. Il cherchait à le dissimuler en se montrant grossier et effronté avec les gens qui l'aimaient vraiment.

C'était une brute, un lâche, un homme qui avait peur de l'opinion de la société, de sa famille, de la famille de Shreya, de tous ceux qui le jugeaient.

Je ne suis pas vraiment dans le bon état d'esprit, on ne peut pas repousser l'échéance ?

Non, on ne peut pas, c'est absolument vital. Son portable se met à sonner. Elle l'ignore.

Il n'y a pas d'issue, j'ai prévenu mon père. Maintenant, il s'agit d'obtenir les billets de tatkal pour demain. La maison de Shreya se trouve dans une ville du Bihar, un endroit qui n'est pas accessible par avion. Le principal moyen de communication était le train.

Le beau-père était une personne redoutée dans la vie de Rik... un officier de l'IPS à la retraite dont il avait une peur mortelle. Il pouvait encore tirer quelques ficelles juridiques.

Ok, je vais voir ce que Neil en pense, chéri, il sera très vexé si nous partons dans cet état.

Cela n'a guère d'importance pour moi, la file d'attente pour le tatkal commence à 5 heures du matin à Kurseong, et il n'y a pas de bonne connexion Internet ici. N'oubliez pas cela", dit-elle en décrochant le téléphone qui sonnait.

Bonjour, qui est à l'appareil ? Kashif Ansari ! Qui êtes-vous ? Qu'est-ce que vous voulez ? Elle jette un regard féroce à son mari et se rend dans le couloir pour parler.

Rik est resté seul dans la chambre, dévasté et cherchant à se sortir de ce mauvais pas.

Il détestait sa femme. Mais elle la craignait aussi, la peur du ridicule, la peur de la société, la peur prédominante chez la plupart d'entre nous qui nous guide dans nos décisions dans la vie.

Chapitre 16

Il veut une mère porteuse pour son enfant ! Pourquoi ? Il ne peut pas se marier comme les gens normaux ? Toutes ces idées nouvelles ! Il pourrait avoir une femme qui s'occuperait de lui et lui donnerait un enfant. Mais non, cela ne lui plaît pas. Il veut louer un utérus. Avoir un enfant avec ce Rik, dit que ce sera leur bébé commun. Ils vont mélanger leurs semences. Personne ne saura à qui appartient l'enfant. C'est une idée monstrueuse et je suis totalement opposé à un tel comportement immoral. Mais j'ai compris une chose : il aime Rik, il ne sera pas heureux sans lui. Je le vois dans ses yeux, je connais les yeux qui aiment vraiment. Mais est-ce que Rik l'aime ? J'en doute. J'en doute beaucoup. Neil est aveugle à ses défauts, comme le sont généralement les gens qui aiment, mais mes vieux yeux ne sont pas encore complètement aveugles.

Le monologue de Sreetama Sanyal est écouté par Dhrittiman Neogi avec un mépris froid et les yeux ouverts. Le mépris était évident dans chaque muscle qui avait bougé pendant ce récital.

C'est alors que sa voix dure et froide s'est fait entendre

Je sais tout cela. Avez-vous quelque chose à ajouter ?

Sreetama Sanyal est décontenancé. Cet homme froid et égocentrique savait tout et n'avait pourtant pas exprimé grand-chose dans ses expressions. Ses expressions étaient contrôlées. C'était certainement un mérite. Mais il n'était pas facile de connaître cet homme. Même après tant d'années, il était encore un étranger pour elle.

Ecoute Sreetama, je vais m'occuper de Neil. Je suis son père. Il ne souffrira d'aucun élément jusqu'à ce que je sois en vie, soyez-en sûre. Tu peux partir maintenant, je suis occupé.

***

La peur est la clé de la survie, comme nous l'avons souvent vu et commenté, même dans ce récital. Nous avons tous peur de quelque chose... soit qu'elle soit révélée, soit qu'elle reste secrète. Mais c'est là. C'est peut-être quelque chose d'aussi petit que la saleté, les araignées, les hauteurs ou tout ce à quoi vous pouvez penser, il y a toute une liste dans le dictionnaire. Il peut s'agir des censures de la société qui semblent si importantes que nous nous laissons voler notre bonheur.

Neil a récemment souffert de la phobie. La phobie de l'isolement et de la solitude qui nous affecte tous, certains plus que d'autres. L'attente avait été vaine. Il était condamné à une vie d'isolement. Avec l'âge, c'est une insécurité croissante face à cette solitude qui l'étreint. Le retour de Rik dans sa vie, surtout après cette nuit à la lave, l'avait rassuré. Mais il avait entendu la conversation entre Shreya et sa tante au sujet de leur départ prochain. Shreya n'avait pas baissé le ton, probablement à dessein.

Il avait été choqué par l'attitude de Rik, mais il avait toujours été un faible, il le savait bien. Toutes les bravades et les discours, et puis cette jalousie silencieuse. Il était furieux. Son père, qui était bien connu pour ses opinions, le savait maintenant, tout cela pour rien.

C'était trop ennuyeux à la maison et il décida de remonter le sentier jusqu'au tor. Un parapet avait été brisé depuis quelques semaines et un bâton avec un tissu marquait l'endroit dangereux. Si on le manquait dans l'obscurité, c'était un adieu. La vallée au-delà était profonde et pleine d'animaux sauvages, les rugissements des léopards pouvaient être entendus dans l'obscurité. Et si quelqu'un enlevait la pierre ? Shreya venait souvent se promener ici après la tombée de la nuit. Il l'avait vue, et si... non, c'était trop monstrueux pour y penser. Mais cela pourrait résoudre son problème pour toujours... on dit souvent que tout est juste dans l'amour et la guerre. Pour lui, c'était les deux.

***

Une brume blanche s'est abattue comme un rideau sur tout le flanc de la colline. Les lumières des maisons de la colline opposée, qui scintillaient comme autant d'étoiles par nuit claire, n'étaient plus visibles. Même à quelques mètres de distance, on ne pouvait pas voir clairement.

Alors que Shreya montait la colline dans l'obscurité enveloppée par ce rideau, elle a ressenti un frisson. Il faisait bien sûr froid, mais ce froid lui semblait être une anticipation, un pressentiment de malheur. La route étroite qui menait au tor était comme d'habitude déserte. C'était pourtant le seul endroit où elle pouvait rassembler ses pensées...on ne pouvait jamais décider quel endroit on aimait et quel endroit on n'aimait pas, il n'y avait pas de règle stricte à ce sujet.

La brume semblait s'accrocher à elle, rendant ses cheveux humides et mouillés. La brume était quelque chose qui pouvait vous toucher et pourtant vous ne pouviez pas la toucher. Un paradoxe comme il en existe tant dans nos vies.

Un peu essoufflée, elle atteignit le sommet du tor.

Elle s'arrêta et regarda autour d'elle ; la brume semblait s'être un peu dissipée. Était-ce des pas qu'elle entendait derrière elle... une fraction de seconde... une poussée... une poussée très forte et elle fut projetée dans l'espace... dans l'obscurité qui l'enveloppait. Le cri qu'elle poussa naturellement ne fut pas entendu longtemps.

***

Neil n'avait pas bien dormi cette nuit-là, un sentiment de malheur imminent planait sur son esprit. La querelle entre Shreya, ou plutôt les grognements féroces de Shreya et les gémissements de Rik, le troublaient. Il savait à quel point son ami pouvait être faible, surtout face à la pression de la société. Il se retournait dans son lit lorsque la porte-fenêtre s'ouvrit en grinçant, alarmé mais habitué, il était sûr que son Rik était là. C'était lui qui passait par là la nuit. Il avait donc réussi à se libérer des chaînes qui le liaient à Shreya.

Un souffle d'air froid et humide pénétra dans la pièce chaude et une silhouette obscure entra dans la pièce sombre. Il était entendu qu'il n'allumerait pas la lumière.

Viens à moi... viens à moi..." murmurait-il. Les pins à l'extérieur murmuraient aussi dans la brise.

Il n'y eut pas de réponse mais la silhouette s'approcha de lui et lui attacha un mouchoir en tissu sur les yeux, Rik semblait vouloir devenir coquin...

Neil était ravi... il attendait... passif.

Au bout d'un certain temps, il ne se passa rien, rien du tout.

La porte avait été ouverte et refermée. Le visiteur nocturne était parti. Il avait quitté Neil.

Perplexe, Neil se redressa dans le lit. Il n'arrivait pas à comprendre la cause de la venue de l'intrus...

Finalement, lassé d'attendre, il s'endormit, d'un sommeil agité et plein de cauchemars.

***

Le matin, Neil se lève un peu tard et ne trouve que sa tante Sreetama dans la salle à manger.

Elle le regardait d'une manière étrange. Neil ignore son regard et s'assoit à la table.

Qu'est-ce que tu veux manger ?

La voix de Sreetama était mécanique, dure. Elle semblait avoir attrapé un rhume elle aussi. Elle avait éternué deux fois. Ce n'était pas courant pour elle, car elle prenait des précautions extrêmes contre le froid.

Des toasts et des œufs au plat. Rik est là ?

Tu ne sais rien de lui ? Sreetama le regardait très fort. Ce regard, il l'a eu dès l'enfance ; c'était comme une machine à rayons X qui le transperçait de part en part.

Non, comment le pourrais-je ? Il était avec sa femme, n'est-ce pas ? Il réussit à dire.

Sreetama avait un regard étrange, comme si elle se méfiait de lui ou était perplexe.

Qu'y a-t-il, tante Sreetama ? Quelque chose ne va pas ?

Je ne sais pas... demande à ton ami. Elle se retourna et quitta la pièce.

Livré à lui-même, Neil pocha deux œufs sur la plaque de cuisson et prépara deux toasts qu'il mangea secs.

Pourquoi sa tante se comportait-elle si bizarrement ? Eh bien, il se passait des choses bizarres et il n'en avait pas la moindre idée. Il s'apprêtait à quitter la pièce lorsque Kush entra.

Bonjour mon frère, comment vas-tu ?

Il n'aimait pas Kush, il se contenta de hocher la tête.

Où est ton ami ? Il faut que je lui parle.

Pourquoi ?

'Oh. Umm, c'est un peu personnel, tu vois'. Il sourit.

Bon, va voir toi-même" dit Neil en sortant de la pièce. Il en avait assez de ces absurdités.

***

Rik s'est levé tardivement. La lumière du soleil entrait par les fenêtres, car les rideaux n'avaient pas été tirés. Il s'était endormi sans le faire. Il était trop fatigué. Il était presque dix heures du matin.

Il se lava et descendit dans la salle à manger, affamé. Il n'y avait personne. Il ne s'attendait pas à ce qu'il soit si tard. Il restait encore un peu de nourriture sur la table. Quelques toasts, froids et secs, du beurre et de la confiture. Il mit les deux et essaya d'engloutir le tout. Il n'avait pas mangé de la nuit.

La tante de Sreetama est entrée juste au moment où il mangeait. Elle l'a regardé d'une façon très étrange, pensa-t-il.

Tante, as-tu vu Shreya ? Elle n'est pas dans la chambre.

Bien sûr que non. Elle n'est pas attendue", répond Sreetama, la voix froide et glaciale comme le vent d'un glacier.

Rik lève les yeux, il y a quelque chose dans la voix qui l'incite à le faire.

Où est-elle ?

Tu ne sais pas ?

Non.

Très bien. Moi non plus. Partez à sa recherche. C'était ta femme.

Sreetama sort de la pièce, la tête haute. L'image même de la dignité et de la juste colère.

Rik s'assied avec un peu d'appréhension, préoccupé par le langage corporel et l'attitude de Sreetama.

***

Chapitre 17

Le signalement de la disparition de la femme est arrivé au moment où Norbu Sherpa faisait sa sieste, le ventre plein de côtelettes de porc et de bière. Un groupe d'hommes de main locaux avait atteint son poste de police avec quelques hommes de l'extérieur et des habitants locaux, ce qui avait provoqué une énorme tempête. La foule était cependant trop nombreuse pour être ignorée et Norbu s'est empressé d'enfiler sa veste et de sortir.

Ce qui est ressorti de ce mélange confus de cris, de déclarations et d'appels à l'action, c'est qu'un homme, ami de son fils, s'était rendu en visite dans la maison du célèbre auteur. C'est la femme de cet ami qui avait disparu.

Une équipe de recherche locale avait essayé de fouiller tous les endroits possibles mais était revenue bredouille.

L'équipe de recherche n'a pas été facile à organiser. Il faisait froid, il y avait de la brume et il pleuvait par intervalles. La gorge en face du tor où Shreya avait l'habitude de se promener, où la clôture était brisée et où l'on a découvert qu'elle était suspendue aux branches des arbres brisés en contrebas, était très boisée. Il n'y avait aucune habitation en contrebas, ni aucune route cultivable.

L'inspecteur Sherpa, bien que d'apparence géniale et amicale, semblait déterminé. C'était un enfant du pays, qui connaissait le terrain comme sa poche. Il devenait flasque bien qu'il ait été habitué à escalader des collines et des falaises. Il s'adressait à un groupe de villageois et leur faisait des signes de la main. Vêtu d'une veste en cuir et de chaussures d'escalade, une corde attachée à la taille, il avait l'air d'un alpiniste grassouillet.

Le groupe avait commencé à descendre le long des cordes qu'ils avaient attachées aux arbres au-dessus et qu'ils avaient lestées de pierres. Un membre de l'armée de l'air, qui n'était pas en service, quelques villageois et Rik les regardaient descendre. Neil était au loin, sous un rocher en saillie, et fumait une cigarette. Il semblait détaché de ce qui l'entourait. Mais en y regardant de plus près, on s'aperçoit qu'il tire une forte bouffée sur sa cigarette, que son visage est anxieux et agité, qu'il est à bout de nerfs.

Le visage de Rik ne trahissait aucune émotion - il n'était pas fait pour cela.

Les pièces se glissaient une à une le long de la corde, le bruit des branches et des brindilles brisées venant de la profondeur, fort, puis de plus en plus faible.

Soudain, Rik se détourna et commença à marcher sur le sentier menant au cottage. Neil regardait derrière lui, dans un état où il ne pouvait ni le suivre, ni rester là à regarder paisiblement ce qui se passait.

***

Les choses continuèrent ainsi pendant quelques jours lorsque la police fut informée d'un fait nouveau. Il s'agissait simplement d'un rapport sans âme et sans vie de l'auberge de Bloomsbury indiquant que le directeur n'avait pas été vu depuis trois jours.

Un directeur d'école de garçons dans les collines qui n'est pas vu à son poste ne suscite pas de commentaires immédiats. Il peut s'être rendu dans une centaine d'endroits, légaux ou illégaux. Les gens ne veulent pas semer la zizanie pour rien.

Mais le directeur avait pris contact avec le frère de Kashif, qui vivait à Mujjafarpur, d'où Kashif était originaire, et avait découvert qu'il ne les avait pas contactés et qu'il ne s'était pas rendu sur place.

La ligne de conduite naturelle était d'informer la police, de peur que quelqu'un ne soit accusé d'essayer d'étouffer l'affaire de sa disparition, et la police a été informée par le principal, qui voulait s'en laver les mains.

La police, déjà surchargée dans l'affaire de la disparition de Shreya, est venue dans la soirée et a fouillé ses chambres. Toutes ses affaires, à l'exception de ses vêtements, de son téléphone portable et de son portefeuille, s'y trouvaient. Cela montrait qu'il avait pu être victime d'un accident et que son départ n'avait pas été planifié à l'avance.

Même l'argent qui se trouvait dans son coffre et certains paquets suspects que l'inspecteur a reniflés puis emportés témoignaient d'un manque certain de planification au moment de quitter la chambre.

L'inspecteur Sherpa était chargé d'une deuxième affaire de disparition et de sa force nominale.

***

Chapitre 18

Rik a l'air désemparé et pâle, d'autant plus qu'il a le teint clair et laiteux. Sherpa s'est assis dans son fauteuil pivotant et l'a regardé fixement. La police a une drôle de façon de regarder les gens. Souvent, elle met le chat parmi les pigeons.

Comment votre femme a-t-elle atterri ici ? Était-elle au courant de votre venue ici ? Inexorable.

Les petits yeux s'enfoncent dans ceux de Rik.

Elle a pris la décision sur un coup de tête... elle était... elle est comme ça. Extrêmement impulsive et tête brûlée. Elle était comme ça... si vous la connaissiez.

Mais je ne la connaissais pas", dit Sherpa d'un air innocent. C'est pourquoi je dois le savoir par moi-même.

Qu'est-ce qui vous a poussé à venir ici seul ? Vous êtes un homme marié", dit-il d'un ton presque accusateur.

Je ne voulais pas passer du temps avec elle.

Hmm... alors tu voulais passer du temps avec ton amie ? Votre ami... c'est ça ?

Oui.

Votre femme vient chez vous. Avez-vous dit quelque chose au téléphone qui l'a fait venir soudainement ? Il l'a regardée. Il était sûr de pouvoir lire les caractères.

Non. Je n'étais pas en contact. Mon téléphone était éteint.

'En effet. C'est très intéressant. Pas d'appels ?

Non. En cas d'urgence, j'appelais du portable de Neil.

D'accord... nous allons bien sûr consulter les archives. Mais nous allons laisser passer cela pour le moment.

***

La soirée au chalet a été très différente des dernières qui avaient été imprégnées de bavardages et de discussions de plusieurs personnes. Le dîner s'est déroulé en sourdine, les gens parlant très peu.

Rik semblait le plus affecté. La police ne l'avait interrogé que ce jour-là. C'était normal, étant donné qu'en cas de disparition de l'un des conjoints, l'autre est le suspect numéro un.

Il se contentait de grignoter son repas et semblait perdu dans ses pensées.

Kush reprend la conversation. Il est surprenant qu'une femme ne revienne pas de ses promenades habituelles. Bien sûr, dans une ville, on soupçonne un viol ou un meurtre, mais qui ferait cela dans cet endroit idyllique ? C'est trop ennuyeux pour que des choses aussi sensationnelles se produisent". Il était connu pour son audace, qu'il considérait comme de la franchise et dont il était très fier.

Madhuparna s'est inspiré de l'absence de réaction des autres. Taisez-vous, les gens ne veulent pas en parler", a-t-elle sifflé. Tu ne peux pas arrêter de faire l'imbécile ?

Qu'est-ce que j'ai dit, je n'ai rien dit... si je devais en dire plus... ? Kush, qui était beau, rougissait aux oreilles à cause de cette rebuffade.

'Tais-toi'.

Kush se leva, frappa la cuillère et s'apprêtait à partir lorsque Dhrittiman Neogi fit irruption... froid, glacial, tranchant.

Ce que vous avez vu ou ce que vous savez, si c'est lié à cette femme disparue, doit être porté à la connaissance de la police. Vous oubliez que son mari est assis ici. Vous voulez être écrivain, avez-vous dit. Vous manquez de bon sens et de sensibilité. Asseyez-vous et mangez. Vous avez beaucoup à apprendre dans le monde".

Kush s'est assis, un peu déconfit. Dhrittiman Neogi avait de la personnalité, c'était un homme célèbre. Cela suffit à l'intimider.

Sreetama dit : "Neil, est-ce que la police t'a appelé pour demain ?

Non, ma tante, pas séparément. Ils ont appelé et ont dit à tout le monde d'être dans la maison. Ils vont interroger tout le monde ici.

Hmm, cela signifie que nous ne pouvons pas aller au marché demain matin. Nous devons faire avec ce que nous avons".

Rik, qui était resté silencieux tout au long de la conversation, prend soudain la parole : "Quel genre de maison est-ce là ? Une femme, ma femme Shreya, a disparu et pourtant les gens pensent à la nourriture et aux provisions. Sa voix était chevrotante, imprégnée d'émotion.

Sreetama lui jette un regard de mépris. En effet, Rik, nous pensons à la nourriture parce que nous n'avons pas mauvaise conscience. Nous ne sommes pas coupables ni impliqués dans la disparition de votre femme. Il vaut mieux que tu fasses un peu d'introspection.

Tante... s'il vous plaît. supplie Neil.

Neil, je sais de quoi je parle. Peut-être que ton ami le sait aussi. Elle le regarde à nouveau. Un regard particulier.

Mansukhani avait regardé tout cela d'un air très mal à l'aise et il dit finalement : "Neogi, j'ai quelque chose à te dire, à propos du livre, tu te souviens ?

Oui, certainement. Vous venez maintenant avec moi dans le bureau. C'en est fini de ces chamailleries. Si vous avez tous terminé, allez dans vos chambres, je ne veux plus d'agitation ici.

Le dîner était terminé. Neogi avait le dernier mot en ce qui concerne les pins chuchotants.

***

Neil était entré dans la pièce, agité, il avait essayé de parler à Rik mais avait été repoussé... repoussé, oui. En le poussant fermement sur la poitrine. Comment cette personne qu'il aimait tant pouvait-elle être aussi dure ? Toute la journée s'était passée dans l'anxiété, dans l'espoir que Shreya soit retrouvée, morte avec un peu de chance. L'obstacle à son bonheur était levé. Le plan fonctionnait à la perfection. Qui y travaillait, si ce n'est son cher Rik ? L'argent était introuvable, mais il était évident qu'il avait été pris et versé à titre d'avance à l'intermédiaire. Rik était à lui, l'enfant allait être conçu. Il l'avait repoussé mais c'était peut-être stratégique, il ne voulait pas montrer qu'il était heureux pour des raisons évidentes. La police ne manquerait pas de les observer, de même que les autres personnes présentes au chalet.

Rik devait jouer le rôle du mari endeuillé ou du moins du mari dont la femme avait soudainement disparu. S'il ne le faisait pas et que les soupçons se portaient sur lui, Neil en serait le bénéficiaire. Soudain, il ressent une terreur qu'il n'avait jamais ressentie auparavant. Un soupçon sur leur implication et la vérification des dossiers, le retrait à la banque d'une si grosse somme d'argent allaient sûrement être remis en question. Il se leva et prit deux somnifères au lieu d'un. Il ne pouvait plus dormir sans eux. Qu'avait-il échangé contre sa solitude ? C'était de la terreur. C'était de l'angoisse et c'était vraiment intolérable.

***

Mansukhani et Dhrittiman Neogi entrent dans le bureau, Neogi ferme la porte et regarde Mansukhani en attendant qu'il commence.

Ecoutez, Neogi, nous nous sommes soutenus mutuellement au cours des 25 dernières années. C'est pour ce jubilé que je suis ici, quittant mon important travail à Delhi. Tu sais très bien quelle est la charge de travail qui nous attend. D'abord, c'est votre secrétaire qui est morte et maintenant, c'est cette femme. Nous ne pouvons plus repousser la célébration du jubilé. Les médias me mettent la pression. Vous devez l'organiser dans les deux jours".

Dhrittiman regarde vers la cheminée. Hmm, vous êtes donc vraiment inquiet, Mansukhani, pour le jubilé ou pour le marketing ?

En fin de compte, c'est le marketing qui compte. Vous ne pouvez pas le nier. Voyez le tollé que votre nouveau livre a suscité et je ne nierai pas que c'est très bon pour les ventes. Les ventes de vos livres sur la mythologie ont chuté récemment... vous le savez. Inutile de jouer les hypocrites".

Dhrittiman ne répondit pas. Il continuait à regarder la cheminée.

Maintenant, ce livre est écrit dans un style complètement différent. Il regarda Dhrittiman en disant cela. Vous avez soudainement changé de style.

Les écrivains changent. Dhrittiman répondit froidement.

Oui, mais pas en général lorsqu'ils approchent les soixante-dix ans.

Il n'y a pas de théorie fixe à ce sujet, essayez-vous d'insinuer quelque chose ?

Non, rien. Mon expérience de 40 ans en tant qu'éditeur me permet de dire que c'est tout à fait unique. Comment se présente le nouveau livre ? Où en êtes-vous ?

Les cinq premiers chapitres sont terminés.

En effet, pourriez-vous me les montrer puisque je suis ici ?

Il ne faut jamais montrer un travail inachevé, mais je vais quand même imprimer un chapitre pour vous, vous êtes un vieil ami.

Ce type, Prithwish, qui est mort, je crois qu'il serait devenu un auteur célèbre.

Comment le savez-vous ?

J'ai vu certaines de ses œuvres, il me les a montrées.

'Eh bien, oui. Il était prometteur et je lui donnais des cours particuliers.

Hmm, c'est vrai, mais j'ai eu l'impression qu'il faisait mieux que le tuteur lui-même. Mansukhani rit. Il faut que j'aille me coucher. Tout cela m'a bouleversé et je me sens très fatigué.

D'accord. Bonne nuit.

Bonne nuit. Prends soin de toi et pense à l'organisation du jubilé. Nous en reparlerons demain.

Lorsque Mansukhani partit, Dhrittiman resta pensif. Certains mots étaient restés en travers de la gorge et

Mansukhani, l'homme qui avait vendu des mots pendant quarante ans, ne les avait pas vendus à bas prix. Il ne le savait que trop bien.

***

Madhuparna suivit Kush dans la mansarde. Elle connaissait les opinions bien arrêtées de son oncle sur le sujet et savait que l'œil toujours observateur de Sreetama ne manquerait pas de lui en faire part. Mais elle était dévorée par la curiosité, et la curiosité a souvent raison de nous.

Dis-moi ce que tu sais.

Quoi ?

Tu essayais de mettre le chat parmi les pigeons avec tes allusions, n'essaie pas de me tromper.

Oh non, vous vous trompez. J'essayais juste d'améliorer l'atmosphère. On se croirait dans un asile de fous.

Kush, je te connais bien. Dis-moi la vérité. Les yeux de Madhu le transpercent.

Tu fais toujours une montagne d'une taupinière, maintenant va-t-en, j'ai du travail à faire, du travail important. Tu ne peux pas toujours t'attendre à ce que je danse sur tes airs, je suis venu ici dans cet endroit abandonné des dieux et maintenant nous pourrions tous être dans une soupe. Maintenant, ne me harcèle pas...

Tu me promets de me dire si c'est quelque chose d'important ?

Ok...bonne nuit. Je ne veux pas que cette sorcière vienne faire une scène. J'ai besoin de calme.

Pour la première fois depuis longtemps, Kush s'était affirmé et cela avait fonctionné. C'est souvent le cas avec les brutes. Madhuparna n'était pas différent.

***

Tôt le lendemain matin, Norbu Sherpa et ses gendarmes sont arrivés et ont demandé une chambre tranquille. Ils s'occupent d'abord de Neil.

Neil vit un Norbu Sherpa différent, le policier. C'était un homme complètement différent de celui qu'il avait vu le matin de la fouille.

Bon, docteur, j'ai des questions directes auxquelles je veux des réponses directes.

Je vais essayer.

Le Dr Rik est-il un simple ami ou un ami spécial ?

Qu'est-ce que vous voulez dire ?

Il y a deux possibilités.

'Un ami spécial'.

Très bien.

Il a demandé la visite ou c'est vous qui lui avez demandé de venir ?

Neil hésite.

Neil hésite.

Il a demandé à venir.

Juste pour une visite ou autre chose ?

Une visite, qu'est-ce que ça peut être d'autre ?

C'est à vous de me le dire. Je vous le demande.

C'était une visite ; il nous a déjà rendu visite auparavant. A l'époque de l'université.

C'était il y a longtemps, n'est-ce pas ?

Oui, il y a environ 8 ou 9 ans.

Eh bien, les amitiés sont toujours formidables. Vous connaissiez bien sa femme ? Vous deviez bien la connaître, puisque vous êtes amis depuis si longtemps et que vos relations sont si intimes. Sherpa sourit gentiment. Il était difficile de lire ses pensées sur son visage. Un homme dangereux.

Eh bien, je la connaissais parce que je leur ai rendu visite plusieurs fois.

Comment était-elle en tant que personne ? Impulsive, émotive, hystérique ?

'Eh bien, c'était une vraie plaie pour mon ami. Neil ne pensait pas que dire la vérité sur ce point serait un mal. Il valait mieux que la police le sache. Ils pourraient se renseigner auprès des amis de Shreya. Mieux vaut donc dire la vérité.

En effet, elle n'est pas venue avec votre ami, mais plus tard sur un vol, comme nous l'avons appris quatre jours plus tard. Pourquoi ce changement soudain de plan ?

Je ne sais pas ce qui l'a poussée à venir ici.

Bien sûr, nous allons tout vérifier, y compris ce qui se trouve sur ses réseaux sociaux et ses messages téléphoniques. Mais cela prendra du temps. Très bien docteur, merci pour votre coopération. S'il vous plaît, envoyez votre père.

***

Les autres personnes présentes dans le chalet ont été interrogées une à une par la police afin d'obtenir le moindre indice. Le point essentiel qui est ressorti de l'ensemble des déclarations est que le mari et la femme n'avaient pas dîné la veille avec d'autres personnes. Ils étaient tendus, en particulier Shreya qui semblait sur les dents.

Quelques-uns d'entre eux avaient entendu des pas rapides vers dix heures dans le couloir.

D'autres n'en étaient pas très sûrs. Il n'y avait pas de témoins oculaires, mais la plupart d'entre eux étaient d'accord sur un point : Shreya avait l'habitude de sortir se promener pendant la nuit, après le dîner, la plupart du temps. Même si le temps était mauvais, elle sortait vêtue d'un imperméable ou d'un manteau de pluie. Après cette longue interrogation, Norbu rentra à son chalet très affamé et très mécontent.

Il devait recommencer les opérations de recherche dès le matin.

Celles-ci se poursuivirent pendant les sept jours suivants, vaines, fatigantes et décevantes pour les chercheurs, jour après jour.

L'éditeur Mansukhani commença à s'emporter et, usant de son influence, obtint de la police qu'elle le laisse rentrer à Delhi. La police n'avait pas de cadavre, donc pas de corpus delicti ou d'essence du crime. Elle l'a autorisé à partir en l'avertissant qu'il pourrait être convoqué à nouveau et en lui remettant une déclaration à cet effet.

Les autres ont tous invoqué des engagements professionnels ou d'autres raisons pour rentrer chez eux. La police n'avait pas le choix, elle a utilisé la même procédure avec tous ceux qui voulaient partir.

Seuls Rik et Neil ne semblaient pas pressés et ils sont restés en arrière, faisant quelques excursions locales mais retournant dans les pins chuchotants.

***

La non-découverte d'un corps dans un cas présumé de meurtre complique grandement la tâche des enquêteurs. Le corps du délit ou l'essence du crime n'est pas établi et, par conséquent, la police a beaucoup de mal à entamer une procédure. C'est la raison même pour laquelle les auteurs de meurtres tentent de se débarrasser du corps. Se débarrasser d'un cadavre n'est pas chose aisée et a conduit à la découverte de nombreux meurtres, même lorsque les traces avaient été bien dissimulées.

L'affaire suivait son cours sans que rien ne vienne la modifier lorsque deux braconniers ont été arrêtés à Siliguri. Ils étaient à la recherche de peaux d'animaux à fourrure dans la vallée où ils avaient trouvé des squelettes partiellement dévorés, ont-ils déclaré lors de leur interrogatoire.

Ils ont emmené la police sur place et deux crânes à moitié brisés et quelques os ont été découverts avec l'aide du département des forêts.

L'affaire pouvait maintenant prendre une tournure différente, Norbu Sherpa a eu une étincelle d'enthousiasme qui, pensait-il, pourrait l'éclairer sur la vérité.

***

Rik, une fois que Shreya n'était plus là, voyait les mêmes choses différemment. Cela faisait partie de sa faible nature, comme d'habitude indécise quant à la personne qu'il aimait en dehors de lui-même.

Il a toujours eu cette tendance à aimer les gens qui n'étaient plus là plutôt que ceux qu'il avait. Il était évident que Shreya l'avait irrité, dérangé et rendu désespéré, mais maintenant elle semblait lui manquer. Il se comportait toujours de manière méchante avec la personne avec laquelle il était, ce qui lui faisait souvent perdre les deux. Il disait fièrement que les gens devaient l'accepter tel qu'il était ou le quitter. Le choix n'était pas toujours facile pour la personne qui l'aimait vraiment. Cependant, il n'a jamais pensé à cela. Il était facile pour lui de quitter les gens. Pourquoi ne le serait-ce pas pour d'autres ?

Une fois que les investigations de Shreya ont commencé, des questions gênantes sont apparues.

***

L'argent, pas moins de vingt-cinq lakhs en liquide, avait disparu. Neil essayait désespérément de demander à Rik s'il était au courant. Mais la police avait fait des allers-retours et il était difficile de l'attraper seul.

L'argent qu'il s'était arrangé pour payer la maternité de substitution, en retirant tout l'argent de son épargne et de ses obligations d'investissement, avait disparu. Il tenait sa tête entre ses mains... cela signifiait la destruction. Tout ce qu'il avait avait disparu. Il était maintenant sans ressources.

C'est après dix heures du soir que Rik est revenu et qu'il l'a rattrapé. Rik n'avait pas l'air d'être d'humeur à parler, mais c'était trop important pour l'ignorer.

Rik, c'est l'argent, il n'y en a plus...

Quoi ?

Oui, il a disparu de l'endroit où nous avions convenu de le garder. L'as-tu envoyé à quelqu'un pour le paiement ? Vous êtes venu la nuit, la nuit où Shreya a disparu. J'ai cru que c'était vous.

Mon Dieu, non, vous m'accusez ?

C'est les économies de toute une vie, tout ce que j'avais. Il halète.

Rik le secoue brutalement, reprends-toi. Tu ne peux pas récupérer ce qui est parti, va parler à ton père, demande-lui l'argent.

Neil le regarde fixement, n'en croyant pas ses oreilles.

Rik a l'air sérieux, "ça ou tout est fini. Shreya est perdue pour moi ; je veux que cette gestation pour autrui soit faite. Else, je suis désolé..." Il s'éloigne.

Froid, dur, réel et cruel comme Rik l'a toujours été, une fois vu à la lumière froide de la logique, la lumière qui est souvent enveloppée dans le brouillard de l'amour, quand vous aimez vraiment vous perdez la trace de la logique. Neil se prit la tête dans les mains, il était malheureux d'avoir aimé, seulement il était malheureux de ne pas pouvoir pleurer la perte d'un amour...il avait eu le malheur d'aimer un homme...cet amour le plus interdit que son père avait attaqué sans pitié dans son dernier livre.

Il essaya de rassembler ses pensées, il devait décider... Neil devait choisir entre Rik et l'isolement...

***

Chapitre 19

Quatre mois plus tard

C'est après une fouille minutieuse des sous-bois et des haies que les policiers ont découvert un amas d'ossements pourris, dégoulinant d'eau. Un squelette donc, ou plutôt des parties de squelette, deux d'entre elles provenant de deux crânes qui étaient encore là, laissés en morceaux comme on pouvait le voir. Les rongeurs, la pluie et quelques prédateurs avaient fait leur œuvre entre-temps. Norbu avait obtenu l'information de l'un des braconniers et de son informateur qui parcourent les forêts à la recherche de petits animaux à fourrure et les vendent clandestinement.

Emballées dans des sacs de polyéthylène bleu, les dépouilles ont été transportées à la morgue du département médico-légal par deux porteurs, à un prix assez élevé que la police ne pouvait pas se permettre de payer. Le crépuscule tombait lorsqu'ils ont terminé leur travail et le gardien de la morgue, retardé dans son départ du soir, a jeté un regard menaçant à l'officier et à ses sous-fifres.

Le médecin Ryan Ray était introuvable. Aucun médecin ne reste à l'écart des heures de travail dans le service public. Il ne faisait pas exception à la règle. Le seul moyen d'entrer en contact avec lui était de gravir la colline jusqu'à son chalet dans le froid. Cette région était réputée pour l'absence de signaux à des moments excentriques. Les téléphones portables sont souvent devenus un ornement plutôt qu'autre chose.

***

Cela fait maintenant quelques mois que Ryan a repris du service. Il a dû obtenir un ordre de reprise du ministère car il avait été absent de ses fonctions pendant plus de cinq mois. Un ordre de reprise signifie que vous recommencez votre carrière de service. La période de service ne peut être comptabilisée que si la période d'absence est régularisée. Cela avait déjà été le cas pour de nombreuses personnes, mais dans son cas, Ryan pensait avec dépit qu'il y avait peu de chances que cela se produise. Il n'était pas du genre à être apprécié par l'administration. Il était un peu trop franc pour cela. Il avait reçu l'ordre d'être transféré dans cette obscure faculté de médecine en cours de construction dans la ville de Kurseong, la première du genre. Le gouvernement cherchait à augmenter le nombre de places dans les facultés de médecine et la structure déjà affaissée craignait d'être démolie à jamais.

Putum, le chaton, dormait sur le canapé, dont il avait fait sa maison depuis le premier jour où il avait suivi Ryan au marché. Ryan, qui adorait les chats, trouvait sa compagnie apaisante et semblait se souvenir de son chaton homonyme, qui était devenu un chat avant d'être tué par une morsure de serpent dans le campus où ils vivaient à Kharagpur pendant leur enfance. Les souvenirs étaient encore frais comme s'ils dataient d'hier... Putum assis sur ses livres de médecine ouverts... une nuit, il était revenu en boitant, une plaie rouge et irritée sur la cuisse... ils avaient essayé... mais...

Un coup frappé à la porte interrompit sa rêverie...

Ryan ouvrit la porte. Un inspecteur Norbu Sherpa quelque peu satisfait se tenait dans l'encadrement de la porte.

Son plaisir était tout à fait perceptible, même dans la faible lumière de la véranda du cottage.

J'ai appelé le docteur... votre téléphone ne s'est pas connecté.

Quelque chose d'urgent ?" demanda Ryan sur son ton officiel. Il n'avait aucune envie de traiter l'inspecteur comme une connaissance sociale, et encore moins comme un ami. Il se croyait sans ami à présent.

Eh bien, entrez et prenez une tasse de thé, il fait froid dehors". Il fut contraint de dire malgré lui que l'inspecteur avait enduré le brouillard, le vent et le froid pour venir jusqu'ici.

Alors, c'est docteur... il commence à y avoir du brouillard et j'ai eu une longue et dure journée. Le thé me fera du bien".

Il se frotta les mains. Enfin, nous avons quelque chose pour vous.

Le cœur de Ryan se serre. Il était à peine revenu à son état normal. Il avait été précipité. Maintenant qu'il fallait s'occuper de cette affaire très médiatisée, cela allait être difficile.

Un corps ?

Pas vraiment, nous avons un sac d'os. Déposé à la morgue.

Hmm... Comment savez-vous qu'il est lié à cette affaire ?

Non, nous ne le savons pas encore, mais l'endroit nous le fait penser. Pour le reste, c'est à vous de voir et de décider.

Norbu se leva et termina son thé d'une seule gorgée. Merci, docteur. On se voit demain à la morgue, à 14 heures, c'est ça ?

Je pense que oui... Ryan avait l'air préoccupé.

Ok bye pour l'instant,' Norbu n'était pas du tout satisfait. Ce médecin ne lui paraissait pas normal, il avait l'air un peu mal en point.

Les autres médecins n'aimaient pas cet homme bizarre, il était si différent d'eux.

***

Dhrittiman Neogi était un écrivain de récits mythologiques, c'est ce qu'il était dans la vie. Il devait souvent se plonger dans ces textes pour remettre à neuf sa mémoire défaillante... surtout de nos jours. Prithwish, qui connaissait ces récits mythologiques presque par cœur, n'était plus là pour l'aider.

Prithwish était un atout et c'est une perte. Une perte à laquelle il ne pouvait remédier, il devait donc avoir recours aux livres. Aujourd'hui, il lisait une partie de l'histoire de Chinnamastika ou Chinnamasta, la déesse sous sa forme la plus violente et la plus séduisante. D'un côté, elle s'est tranché la tête avec une épée et s'abreuve à la source de sang qui jaillit de son propre corps, tandis qu'une femme, au sommet, copule avec son époux. Une figurine où création et destruction se nourrissent l'une l'autre, le monde comme un cosmos détruisant et créant à son tour.

L'acte de violence, l'autodéfense ! Enfin, c'était une pensée, peut-être que c'était cela. Une seule pensée de ce type pourrait changer beaucoup de choses.

Ainsi, ce qui est bon ou mauvais, ce qui est pur et ce qui est impur. Les opinions de Dhrittiman Neogi étaient peut-être en train d'être modifiées.

Il n'était pas toujours possible de modifier facilement son point de vue, mais il pouvait commencer à penser d'une nouvelle manière. Ce qui pouvait conduire à la régénération du cycle de vie et à une nouvelle naissance, même si l'utérus n'était pas celui de sa femme, ne pouvait pas être considéré comme mauvais. En fin de compte, cela conduisait à une nouvelle vie.

***

Chapitre 20

Les quelques os nus et les deux crânes en fragments étaient tout ce dont Ryan disposait pour établir son premier diagnostic, l'un des plus importants dans le travail médico-légal. La détermination du sexe de la personne n'est pas si facile une fois que tous les tissus mous ont disparu et que même les os dimorphiques importants, ceux qui différencient les deux sexes, ont été détruits dans une certaine mesure.

Mais la partie inférieure de la mâchoire était intacte. C'est le point d'espoir qu'avait le médecin légiste. Les mâchoires avaient des dents et les dents une substance qui pouvait être extraite. Il s'agit de l'amélogénine, une protéine qui pourrait être utilisée pour identifier le sexe. Mais cette voie se heurtait à deux difficultés majeures. D'une part, il n'avait pas le soutien d'un laboratoire de sciences médico-légales et, d'autre part, il n'avait pas l'expérience nécessaire pour procéder lui-même à une telle extraction. Il n'avait pas complètement oublié le traumatisme de sa dernière affaire ; à vrai dire, il ne l'avait pas oublié du tout.

La confiance est une chose étrange. Elle vous fait faire des merveilles. Son absence se fait sentir dans chaque action. C'est l'hésitation qui s'insinue lentement et l'appréhension qui en résulte. Une main qui vous tire en arrière. Il n'avait jamais hésité à poser un diagnostic rapide, mais il s'est arrêté et a hésité lorsqu'il a vu la fracture du crâne. Elle se trouvait sur le dessus de la tête et la direction indiquait qu'elle avait été frappée par l'arrière, selon toute probabilité. Selon la ligne du bord du chapeau, il s'agit d'une blessure homicide.

Mais qu'en serait-il si l'homme était tombé sur une branche en dégringolant ? Cela pourrait produire une blessure similaire, n'est-ce pas ? Prenant une pince à épiler, il prélève quelques fragments d'os sur le bord de la fracture. L'histopathologie lui permettra de savoir si la fracture est ante mortem ou antérieure à la mort.

L'absence totale de tissus mous est un énorme problème dans ce cas. Il examine à nouveau les restes du squelette dans les moindres détails. Le travail acharné a payé et il a repéré une petite fracture ou fissure dans les côtes. Il y avait un mélange d'os provenant de deux corps, car il pouvait voir plus de deux os similaires, trois fémurs ou os de la cuisse par exemple.

La fracture de la côte qu'il a pu voir ne présentait aucun signe de réaction vitale. Quelque chose qui permettrait de savoir si la fracture s'est produite avant ou après la mort. Non, il s'agissait probablement d'une autopsie. Un Ryan confiant aurait tranché l'affaire sur-le-champ, mais il n'était plus la même personne. Cette côte provenait donc d'une personne dont le décès était survenu avant la fracture de l'os de la côte.

De l'autre côté, certains os présentaient une fracture avec réaction vitale, ce qui signifie qu'ils s'étaient fracturés alors que la personne était encore en vie. La chute et les blessures l'ont tuée. Deux cas différents pouvaient donc être reconstitués ici. Il attendrait la confirmation, car il ne sert à rien de sauter et de se faire démolir au tribunal pour des suppositions.

Il a réservé son opinion au moins jusqu'à ce que le rapport d'histopathologie soit disponible. Il n'était pas prêt à risquer à nouveau sa peau, pas si tôt ! Il avait appris sa leçon à l'école de la vie. Elle donne des leçons pour la vie.

***

Dhrittiman doit désormais se remettre régulièrement à niveau, de peur de commettre une erreur. Sa mémoire n'était plus fiable et se dégradait de jour en jour. Il lisait un article sur la génération d'un être suprême à partir des graines de deux dieux, ce qui était connu même dans la mythologie. Le grand saint Agastya est né des semences de deux grands dieux, Mitra et Varuna. Il était le saint patron de l'Inde du Sud et l'avait sauvée de l'orgueil grandissant de la chaîne de montagnes Vindhya, qui semblait vouloir couvrir le soleil, en le rendant prostatique devant lui.

Alors, qu'y avait-il de si inacceptable à ce que son fils choisisse quelqu'un avec qui partager sa semence, cela menait en fin de compte à la création et même si, par l'intermédiaire d'une mère porteuse, cela menait à la naissance d'un enfant, on ne connaissait jamais son destin jusqu'à ce que le cycle du temps le permette. Bien qu'il se soit presque convaincu de la logique qui lui convenait, comme nous le faisons tous souvent, il savait au fond de lui que Neil et Rik n'étaient pas Mitra et Varuna et qu'aucun Agastya n'allait illuminer son foyer. Cela lui convenait et il l'a donc utilisé à sa convenance. Il avait décidé de fournir l'argent nécessaire à la gestation pour autrui s'il en avait les moyens.

L'esprit tranquille, il ferma le livre, posa ses lunettes sur la table de chevet et s'endormit en prenant sa dose quotidienne de mélatonine. Il en prenait depuis des années et connaissait très bien son effet ou l'effet de son absence. Pourtant, la paix mentale, le plus grand des inducteurs de sommeil, était loin d'être dans son esprit. Comme il serait bon de dormir à nouveau sans tous ces tracas et toutes ces douleurs.

***

Neil s'était senti agité toute la journée après avoir parlé à son père et même maintenant, il n'arrivait pas à dormir. Les yeux de son père le hantaient. Le mépris, le dédain, la déception et l'horreur d'une vérité que l'on soupçonnait depuis longtemps de se réaliser étaient inscrits dans ces yeux expressifs et sur tout le visage.

Il n'avait pas explosé de colère, ce qui aurait été préférable, mais avait écouté tout le récital en silence. Ce n'était pas le Dhrittiman Neogi qu'il connaissait, c'était un autre homme.

Après avoir entendu tout cela, il lui avait demandé ce qu'il pensait de l'idée que Shreya ait disparu, probablement morte. De quoi aurait-on l'air si l'on découvrait qu'elle avait été assassinée ? La police avait récupéré des restes, qu'elle avait envoyés pour une autopsie.

Il valait mieux qu'ils en discutent une fois que l'autopsie aurait révélé une identité. Son père avait l'air épuisé et Neil était parti.

C'était l'après-midi et il avait passé toute la journée dans cet état épouvantable. Rik, comme d'habitude, était introuvable, surtout quand on avait besoin de lui.

***

Chapitre 21

Il est plus facile de diagnostiquer le sexe à partir des organes génitaux externes. Mais dans ce cas, tout avait disparu. Rongé et décomposé. Il y avait bien sûr le crâne ou une partie de celui-ci. La superposition était difficile, voire impossible, sans le crâne complet. Mais pas les caractéristiques qui diffèrent entre l'homme et la femme. Ryan était donc une fois de plus perplexe sur la façon de procéder.

Il ne restait qu'une chose, quelques dents attachées aux orbites. Il était possible d'utiliser l'amélogénine pour diagnostiquer le sexe. Il était possible de l'extraire, mais un laboratoire primitif ne pouvait pas le faire. Il fallait des équipements malheureusement absents des facultés de médecine. De nos jours, des facultés de médecine sont créées tous les jours, mais aucun équipement ne les différencie d'un hôpital.

Mais alors qu'il pensait à l'impuissance de sa situation, un nom lui est venu à l'esprit. Un vieil ami de l'école, qui travaillait maintenant comme professeur dans une université publique, lui avait parlé d'installations plus récentes dans son laboratoire. L'amélogénine pouvait y être testée, il s'agissait d'un institut gouvernemental. Il décida d'appeler Norbu Sherpa et d'accomplir les formalités légales pour la transmission de cet échantillon à l'université en maintenant la chaîne de possession, ce qui est nécessaire en cas d'affaires criminelles ou juridiques pour qu'une preuve soit recevable devant le tribunal.

**

Norbu Sherpa avait remis la petite enveloppe soigneusement fermée au département de biochimie de l'université. Elle portait le sceau du département de médecine légale. Son travail était terminé et c'était maintenant au tribunal de la science de prouver ou d'infirmer une théorie.

Il a toujours aimé le jour où il est descendu à Siliguri. Une journée de marketing, de visionnage de films et de plaisir sans les tâches quotidiennes qu'il devait accomplir lorsqu'il était dans les collines. Même s'il aimait les collines où il avait grandi, une journée dans les plaines vibrantes était toujours un peu différente.

Le département de biochimie l'avait assuré d'un traitement rapide des échantillons. Dès qu'il aurait une preuve d'identification certaine, il informerait et convoquerait toutes les parties. La police est habilitée à le faire à tout moment de l'enquête.

**

Le Dr Abhra Gupta était un bon biochimiste, il avait fait sa thèse de doctorat dans une université renommée à l'étranger et il était doué pour les travaux pratiques au laboratoire. Ryan était un vieil et cher ami. Il ne s'intéressait pas à la procédure judiciaire mais, pour le bien de Ryan, il avait accepté d'effectuer cette analyse sur les extraits de dents.

Il y avait deux échantillons provenant de deux crânes, scellés et numérotés. Les instructions étaient claires et précises : l'amélogénine devait être analysée à partir des deux échantillons. Le processus n'était pas difficile pour un biochimiste expérimenté ayant accès à l'analyse PCR. Il a d'abord dû décontaminer les échantillons. Un processus en deux étapes impliquant un traitement avec de l'hypochlorite de sodium à 5 %, puis sous une lumière ultraviolette à température ambiante pendant 20 minutes, à une longueur d'onde de 256 nm.

Ceci fait, il était temps de procéder à l'extraction proprement dite avec un traitement au chloroforme. Il faut compter 3 à 4 jours. Après avoir placé les échantillons dans l'incubateur pour cette période, Abhra s'est rendu à son cours. Le temps nécessaire doit être respecté. On ne peut pas tout précipiter.

***

Ryan travaillait sur les crânes ; c'était la seule pièce solide avec laquelle il pouvait travailler. Le schéma de fracture et ses différences, s'il pouvait les analyser correctement, ainsi que les rapports d'analyse de l'ADN et de l'amélogénine, pourraient permettre d'élucider cette affaire. Une affaire qui semblait peu prometteuse pourrait à nouveau s'avérer intéressante. Il sentit un peu de son ancienne excitation pour ce travail, un travail qu'il faisait par passion plutôt que pour des gains monétaires, revenir dans ses veines en un jaillissement et galoper le long de son dos. Dans sa petite chambre à l'hôpital, une sorte de mansarde qu'il avait transformée en laboratoire, il pouvait à nouveau sentir l'ancien Ryan Ray.

Le tracé de la fracture suivant la loi du bord du chapeau racontait une histoire claire. Il ne restait plus qu'à se pencher sur la question des rapports. Il était certain qu'ils ne le décevraient pas.

La logique est une chose qui, une fois assemblée, ressemble à une chaîne avec des maillons. Les maillons se mettaient en place et la chaîne et le modèle se formaient devant ses yeux.

Il ne pouvait pas se tromper...

L'un d'eux avait été frappé par le haut, de sorte qu'une personne plus grande qui avait abattu l'arme contondante, comme un bâton ou une tige, par le haut, avait tracé la ligne de fracture au-dessus de la ligne du bord du chapeau. L'autre crâne fracturé présentait une fracture commune, comme celles qui se produisent lors d'une chute. Les blessures et les lignes de fracture se situent en dessous de la ligne du bord du chapeau. Il s'agit pour ainsi dire d'une démonstration classique de la loi.

***

Sreetama Sanyal a toujours eu une idée très précise des idéaux, du bien et du mal. Aujourd'hui, elle a lu une fois de plus le Kaliyah daman de Sri Krishna, souvent répété, la domination du bien sur le mal, mais finalement le bannissement du roi des serpents dans l'océan lointain au lieu de la destruction. Cela lui a montré sous un jour nouveau que le bien et le mal faisaient partie du même ensemble cosmique, que l'on pouvait appeler de bien des noms mais qui faisait tous partie de l'univers. Le roi serpent ne faisait que ce que Dieu lui demandait, il s'acquittait de son devoir dans le monde.

Dieu l'avait épargné, ici quelqu'un l'avait tué. Pris en main l'œuvre divine à laquelle personne n'avait droit. Elle inscrit la dernière entrée dans le journal. La description exacte de ce qu'elle a vu, accomplissant son devoir... voulu par Dieu. Elle scella le paquet avec du double ruban adhésif et y inscrivit l'adresse de son avocat à Siliguri. Elle l'enverrait demain par le service de messagerie.

Elle se sentait maintenant un peu plus légère, un poids en moins sur ses épaules. Une conscience lourde est l'une des charges les plus lourdes à porter...

***

Chapitre 22

Tout au long de ses études de médecine légale, Ryan avait appris qu'il y a un certain temps avant qu'un corps humain ne se transforme en squelette dans certaines conditions. Exposé aux éléments, au type de climat qui régnait dans ces régions et en tenant compte des effets des prédateurs qui se manifestaient dans les marques de rongement sur les os, l'estimation approximative dans ce cas était d'environ 3 mois. Habituellement, il faut environ un an pour qu'un corps enterré se transforme en squelette, mais les conditions étaient tout à fait différentes. Il n'y avait pas d'adipocire ou de cire funéraire, ce qui indiquait qu'il s'agissait probablement d'une personne maigre. Peu de graisse pour travailler, une personne maigre.

La date de la mort se situe approximativement entre 3 et 6 mois. Le mode opératoire est inconnu, mais il s'agit d'un homicide au vu du traumatisme crânien ante mortem et de la fracture du crâne, a conclu Ryan. Son rapport, succinct et professionnel, a été envoyé par courrier électronique et par la poste.

Un homme adulte âgé d'environ 25 à 30 ans a été tué par une blessure contondante à l'arrière de la tête, probablement de manière homicide. Il a utilisé des termes techniques corrects pour décrire l'affaire. Le rapport d'autopsie de quelques ossements avait donné ce qu'il pouvait. Son travail terminé, il ferma la porte du bureau après avoir envoyé le rapport de police et sortit lentement pour aller déjeuner. Un bon travail, pensait-il. Il s'agissait d'une affaire réglée.

Le second rapport était en suspens et il reviendrait s'en occuper après avoir déjeuné. Son esprit s'élevait et il sentait cette vieille confiance couler dans ses veines.

***

Sirotant un thé masala, Norbu lisait dans le bureau du poste de police. Le rapport d'autopsie était arrivé et il trempait un biscuit épais dans le thé en lisant l'avis du chirurgien chargé de l'autopsie. Une fracture, linéaire sur l'os du crâne, de l'arrière au milieu du crâne, mesurant 8 mm, des signes de réaction vitale présents, ce qui signifiait que le coup avait été porté alors que l'homme était vivant. Il est intéressant de noter qu'il y a également une fracture des côtes, sans réaction vitale. Cela signifie que la personne s'est fracturé une côte en tombant, mais qu'elle était déjà morte. C'est le traumatisme crânien, et non la chute, qui l'a tué. Il s'agissait donc d'un meurtre et non d'une mort accidentelle.

Mais le médecin ne s'était pas engagé à fond, par manque de confiance ou pour une autre raison ?

Sherpa avait entendu des rumeurs selon lesquelles le médecin avait été célèbre dans un procès, mais il s'était passé quelque chose car il avait disparu du service pour réapparaître quelques mois plus tard, ce qui avait conduit à ce transfert. Ces rumeurs circulent vite et les autres médecins en ont discuté avec un peu de piment.

Norbu avait une grande peur ou presque une phobie des maladies psychiatriques. Il soupçonnait Ryan Ray de ne pas avoir toute sa tête. Son enfance avait été la victime innocente des délires dont souffrait son père et les cicatrices étaient restées.

Il devait s'entretenir avec le médecin pour obtenir une évaluation exacte de la situation.

***

La confiance est une chose étrange ; elle existe ou n'existe pas. Elle vous fait faire des merveilles et son absence se fait sentir à chaque étape. Ryan n'était plus aussi confiant qu'avant. Sa confiance avait été ébranlée par ce qui s'était passé il y a quelques mois.

Il n'avait jamais manqué de se lancer dans un diagnostic rapide, mais là, il hésitait et s'arrêtait. La fracture s'était produite à l'arrière de la tête, ce qui correspondait à la ligne du bord du chapeau, une loi qui stipulait que tout ce qui dépassait le bord d'un chapeau porté sur la tête était homicide. Pourtant, il doutait de lui-même, le rapport n'existait plus, mais s'il y avait réfléchi, le résultat n'aurait pas été différent.

***

Le premier à s'agiter dans les pins chuchotants fut Sreetama. C'est ainsi que la maisonnée a fonctionné au fil des ans. Un écart par rapport à une règle standard était toujours noté, cela s'applique à tous les lieux et à toutes les époques.

Dhrittiman Neogi n'a pas trouvé de thé à son réveil et d'autres n'ont pas préparé leur petit-déjeuner. En un instant, tout ce qui avait fonctionné en douceur s'est retrouvé dans le chaos et l'absence de Sreetama, toujours présent au coude pour veiller sur Dhrittiman et sa maison, s'est fait sentir.

L'absence de la dent n'est ressentie que lorsqu'elle n'est plus là... lorsqu'il est souvent trop tard.

Dhrittiman se précipita dans sa chambre, frappa fort mais ne reçut aucune réponse. La serrure de Yale était verrouillée.

Que pouvons-nous faire ? L'auteur regarda bêtement de son fils à Rik. Tous deux avaient été interpellés par le bruit des coups frappés aux portes adjacentes.

C'est le médecin à la tête froide de Neil qui prit la parole en premier : "Je pense que vous avez le double des clés de toutes les portes sur vous, où sont-elles ?

Des clés ? comme s'il ne comprenait pas le sens du mot.

Père, ressaisissez-vous, dit Neil en le prenant dans ses bras, où sont les clés ?

Elles sont dans le bureau de mon cabinet de travail.

Il fut de retour quelques minutes plus tard et après en avoir essayé plusieurs, l'une d'entre elles s'inséra dans la serrure et la porte s'ouvrit.

Sreetama est allongée sur le lit, tous se précipitent vers elle et Neil pose sa main sur son poignet.

Elle est vivante, vite, il faut l'ambulance ou non, c'est mieux si on la porte dans la voiture. Rik va la sortir du garage.

Dans un moment de crise, Neil avait pris le contrôle de la situation. Il vérifiait les signes vitaux et tentait de mettre en place un système de réanimation d'urgence. Il semblait s'agir d'un arrêt cardiaque, une éventualité assez courante à son âge.

***

Aujourd'hui, Abhra était enthousiaste, il avait réservé une voiture pour se rendre à l'université au lieu d'attendre le bus de l'université qui était souvent en retard pour les ramassages. De retour à son laboratoire après quelques jours où il avait placé les échantillons dans l'incubateur, Abhra les a sortis et les a mis dans la centrifugeuse. Bientôt, les échantillons seraient analysés et le rapport sortirait. Une heure plus tard, le rapport est arrivé, l'un des échantillons, l'échantillon numéro un, présentait une bande et l'échantillon numéro deux en présentait deux. La solution était trouvée. Une bande d'amélogénine signifiait femelle et deux bandes signifiaient mâle. La différenciation sexuelle était faite, son travail était terminé. Il a commencé à taper le rapport et l'a signé. Abhra était satisfait, il avait fait du bon travail pour la journée. Il avait quelques cours à suivre, ce qui était le travail de routine. Cette fois-ci, il s'agissait d'un travail hors du commun, d'assister un expert médico-légal, et c'était tout à fait passionnant.

Il n'avait jamais pensé que ses connaissances en biochimie seraient utiles dans une enquête criminelle.

***

L'appel a été suivi du rapport envoyé par courriel par les laboratoires de l'université. Abhra était ravi d'avoir trouvé deux barres et une dans les deux échantillons. Ryan, bien que content, n'était pas encore trop excité, il connaissait bien les pièges de l'enquête criminelle.

En particulier jusqu'à ce que l'affaire soit prouvée au tribunal, comme il le savait par expérience, et ce qui s'était passé après sa victoire l'avait stupéfié. Il ne pourrait jamais oublier cette expérience, pas tant qu'il vivrait.

Il y avait maintenant des mesures à prendre. Les échantillons ont été testés pour l'amélogénine, la protéine de l'émail dentaire qui est constituée différemment chez l'homme et la femme. 106 paires de bases et 112 paires de bases, un sexe en contient une, l'autre les deux. C'est ainsi que l'on peut différencier les deux sexes.

L'os du crâne de l'échantillon numéro un était une femelle avec une bande rapportée et le crâne de l'échantillon numéro deux était un mâle avec deux bandes dans le rapport, il pouvait maintenant procéder à la reconstruction du modèle de fracture et enfin à l'empreinte ADN. La première étape prendrait moins de temps que la seconde.

Il a appelé Norbu Sherpa au service. Il avait quelque chose d'urgent à lui dire.

***

Norbu est arrivé tout excité par l'appel de Ryan, il était sûr que le docteur avait mis la main sur quelque chose de nouveau. Il était sûr que le docteur avait mis la main sur quelque chose de nouveau.

Bonjour, officier, asseyez-vous, voulez-vous du café noir ?

Il était plus cordial que le docteur ne l'avait jamais été et Sherpa accepta l'offre avec joie.

Après avoir allumé la bouilloire électrique et sorti deux tasses à café d'un tiroir du bureau, Ryan a commencé à parler d'un ton mesuré.

Le rapport de l'université est arrivé, je vous remercie de votre aide. Il a permis de déterminer le sexe des crânes de manière concluante et nous avons donc une base plus solide sur laquelle nous appuyer.

Maintenant, pour confirmer l'identité, nous devons faire correspondre l'ADN des échantillons. Cela peut être fait avec les échantillons et les traces de preuves trouvées sur les deux victimes présumées. Compte tenu de la priorité de l'affaire et de son importance, j'ai personnellement demandé au responsable du laboratoire de police scientifique de Kolkata de procéder à cette analyse dans les plus brefs délais. Vous devez les envoyer immédiatement.

Norbu acquiesce.

Une fois la comparaison ADN effectuée, je vous donnerai l'avis final dans cette affaire et vous pourrez procéder aux formalités légales. Cependant, je pense que l'affaire est plus profonde que nous ne le pensons et je suggère que nous procédions avec prudence.

Je le pense aussi, dit Sherpa d'un ton énigmatique. Ok monsieur, au revoir. J'ai un rapport important à recevoir. Il concerne la secrétaire qui est morte subitement. Vous vous souvenez de cette affaire ?

Oui, bien sûr. Je connaissais très bien Prithwish. Quel est le rapport que vous recevez maintenant ?

Eh bien, il s'agit de ses courriels et de ses discussions sur WhatsApp, ils ont envoyé les impressions par courrier électronique après avoir déchiffré le mot de passe. Cela pourrait nous donner un indice sur ce qui s'est passé. Le coursier va bientôt arriver et je ne veux pas être en retard.

Au revoir. Faites-moi savoir si vous avez quelque chose pour m'aider. Pour dire la vérité, je n'ai pas été très satisfait de l'autopsie.

***

L'agent avait reçu un gros paquet en l'absence de Norbu au poste de police, il était donc en retard. Il a pris l'épais paquet scellé et doublement scellé avec du ruban adhésif spécial et le sceau embossé du bureau du cyber. Ils étaient très exigeants sur ce point.

Il en sortit d'épaisses feuilles de papier imprimées et attachées avec des pinces à reliure. Cela allait prendre du temps... bien plus que ce à quoi il s'attendait. Il semblait correspondre à beaucoup de choses au cours de son dernier mois de vie...

Il les a lus un par un, en marquant soigneusement les parties avec un surligneur jaune fluorescent. Il ne voulait pas oublier le moindre détail.

L'après-midi se transforma en soirée et la soirée en fin de nuit avant que la lumière ne s'éteigne dans la chambre de Norbu Sherpa. Il avait fait des résumés succincts de ce qu'il avait lu... cela s'était avéré très intéressant, mais rien ne permettait d'étayer une affaire criminelle. Il n'y avait pas de base sur laquelle s'appuyer, beaucoup de suppositions et de conjectures, mais il n'y avait aucun doute que cela avait ouvert un angle jusqu'alors inconnu. Sherpa sourit ; il préparait quelque chose. Il avait besoin de l'aide du Dr Ryan et ensuite le piège serait tendu pour attraper le tigre... non ce n'était pas le bon terme, pour attraper le diable, car un meurtrier si méchant et si froid ne pouvait être appelé par aucun autre nom.

***

Chapitre 23

Rien de ce que les médecins ont pu faire n'a pu redonner cette étincelle qu'on appelle la vie à ce corps mou. Les médecins ont constaté que le taux de glucose dans le sang était anormalement bas, à peine 20 mg. Il était évident qu'il s'agissait d'un coma hypoglycémique et d'une perte de conscience absolue qui a conduit à un coma qui, jusqu'à présent, ne montrait aucun signe d'apaisement.

Sreetama a été emmenée à Siliguri, la grande ville la plus proche, et a été admise à l'unité de soins intensifs de l'hôpital. La facture est salée, mais Neogi tient absolument à offrir le meilleur traitement à sa belle-sœur. C'était d'ailleurs une bonne chose, puisqu'elle avait consacré toute sa vie au service de la famille. C'est un jour après sa mort qu'un cabinet d'avocats a appelé la police. Il y avait quelque chose dans leur coffre-fort qui devait être remis à la police après sa mort, si elle était décédée subitement.

Sherpa a flairé le coup et est allé rencontrer l'avocat dès le lendemain. Il leur a demandé de ne rien dire à personne dans la famille, ce à quoi il a obtenu un acquiescement froid mais réticent. Le lendemain, il a reçu un épais paquet enveloppé et scellé dans du papier brun. En l'ouvrant, il découvrit un certain nombre de journaux coûteux recouverts de cuir brun, chacun portant une année inscrite en lettres dorées. Sherpa prit congé du truculent clerc d'avocat et revint, impatient de lire le contenu de ce paquet qui avait été réservé à la police.

Assis dans son bureau, sirotant un thé masala et mangeant des samosas, il lit méticuleusement les entrées importantes ou les longues entrées ;

Entrée 1

Je ne suis pas un grand écrivain. En fait, je n'écris pas grand-chose, mais je garde des traces de tout ce qui se passe. Chaque petite chose, parce que je suis obsédé par ces questions. Chaque année, mon beau-frère m'offre un journal en cuir hors de prix. Je continue à écrire chaque jour dans mon pauvre gribouillage. J'en ai maintenant un grand nombre, systématiquement numérotés. Mais j'ai des yeux qui sont aiguisés et des oreilles qui entendent.

Entrée 2

J'ai reçu ce journal en cadeau. Il me l'a offert, il en reçoit beaucoup. C'est une belle couverture noire et élégante avec des feuilles de couleur crème. Mon écriture est mauvaise. Comment puis-je mal écrire sur un si beau papier ?

Entrée 3

Aujourd'hui, on a appris que de nombreuses personnes allaient venir célébrer le jubilé. Ils veulent tous venir. Cela représente beaucoup pour moi, beaucoup de travail. Un travail ingrat, non rémunéré. Ils critiqueront après leur départ. À quoi sert toute cette mascarade ?

Entrée 4

Il sait qu'ils en veulent à son argent et pourtant il les invite. Pourquoi ? Je pense que cela lui donne un coup de fouet de les voir venir alors qu'il déteste le faire. Il comprend toujours les gens et tire un certain plaisir de sa domination, et c'est le genre d'homme qui aime dominer.

Il ne pense jamais que ce genre de domination pourrait se retourner contre lui un jour.

Cela commence à m'énerver... mais que faire ? Je n'ai aucun moyen privé.

Entrée 5

Neil arrive ! Dieu merci. Mon cœur est rempli de bonheur aujourd'hui et j'ai décoré sa chambre avec toutes les choses qu'il aime.

La seule chose qu'il a dite, c'est qu'il ne vient pas seul. Son ami de l'université, Rik, vient aussi. Il le déteste, mon beau-frère.

Entrée 6

Je l'ai convaincu. Je lui ai dit qu'il devait autoriser Rik, sinon nous perdrions les nôtres. Neil ne viendrait pas sans lui. Il a accepté, à contrecœur. Seulement parce qu'il voulait que son fils vienne. Peut-être que pour mon bien, tu ne le connaîtras jamais. C'est un homme si étrange.

Entrée 7

Aujourd'hui, Neil est arrivé dans la soirée. Il semblait plus grand et plus beau. Mais je le vois après l'avoir vu si longtemps. Il ne vient pas facilement. Il semblait détaché et plus absorbé par son téléphone. Mais ce n'est pas naturel dans sa génération. J'ai mangé ses plats préférés qu'il a mangés sans rien dire.

Entrée 8

Il a l'air tellement heureux que Rik vienne à la maison. Tout son visage rayonne de bonheur ou n'est-ce que du bonheur ? c'est bien plus que ce que je pense. Il est parti quatre heures avant l'heure d'arrivée du vol. Il lui faut tout au plus deux heures pour arriver à l'aéroport. Il est anxieux, trop anxieux de devoir être bien en avance sur le vol, pourquoi ?

Entrée 9

Ils sont arrivés. Neil est ravi. Il n'arrête pas de parler. Rik est plus distant. Il entend parfois des bribes de chansons venant de sa chambre, mais il se laisse entraîner et parle peu à l'extérieur.

Aujourd'hui, j'ai vu quelque chose que je n'attendais pas du tout. Mon beau-frère se faufile dans la chambre de Prithwish pendant l'après-midi. Il y a un grincement dans la serrure, j'ai ouvert et je l'ai vu entrer. Je n'ai rien dit et il ne m'a pas vu, je pense, mais cela m'a semblé étrange.

Le soir, j'étais dans le hall quand Prithwish est revenu, il était allé au marché puis chez l'opticien. Il avait cassé ses lunettes, mais il ne les avait pas récupérées, il s'est plaint du manque de professionnalisme du service, etc... Il est donc aveugle jusqu'à ce qu'il les récupère pour lire les choses proches et faire n'importe quel travail. Je l'ai vu tâtonner avec les clés de sa porte et je lui ai ouvert. Je lui ai conseillé de ne pas la fermer à clé la nuit, en cas d'urgence.

Entrée 10

Ils sont tous les deux partis pour une excursion de deux jours sur la lave. Neil dit que c'est Rik qui veut faire ce voyage, mais je pense qu'ils veulent tous les deux partir d'ici et s'amuser. Ses yeux brillent à cette idée. Ils ont commencé tôt en emportant leur déjeuner. Quand il l'a appris, mon beau-frère était furieux, mais ils étaient partis depuis longtemps et ils sont adultes, alors il ne peut rien faire.

Entrée 11

Aujourd'hui, Prithwish n'étant pas venu prendre son petit-déjeuner, la servante Rekha est allée dans sa chambre et l'a trouvée fermée à clé. Nous y sommes tous allés bien sûr, mon beau-frère en tête. Il semblait très inquiet. Ils ont essayé les fenêtres et ont trouvé la chambre verrouillée et fermée. Ils n'ont pas pu trouver le double de la serrure de Yale, qui avait disparu, alors ils ont forcé la porte. Il était allongé dans son lit, paisible et bien sûr tout à fait mort, on peut dire qu'une personne est morte quand on la voit.

Entrée 12

Le médecin dit qu'il est mort d'un arrêt cardiaque. C'est bien. Plus d'ennuis pour nous. J'ai vu mon beau-frère entrer dans sa chambre comme je l'ai dit, je pense, lorsque Prithwish était au marché pour réparer ses lunettes, sans lesquelles il est aveugle. Qu'est-ce que mon beau-frère voulait dans sa chambre ? Cela a-t-il un rapport avec la querelle que j'ai entendue ce jour-là, je n'en suis pas sûre, il me semble que j'entends et que je vois tout.

Entrée 13

Une femme appelée Shreya, qui prétend être l'épouse de ce Rik, est venue. Dans la nuit, ruisselante de pluie... une sorcière. Je l'aurais repoussée... c'est bien fait pour elle, mais Dhrittiman Neogi s'en est mêlé, Dieu sait pourquoi il s'est intéressé à elle ou l'a prise en pitié. Elle dit qu'elle n'arrive pas à joindre son mari.

Entrée 14

Un nouvel officier de police est venu lui parler. Ils ont emporté l'ordinateur portable et le mobile de Prithwish, ils ont tout fouillé et n'ont rien dit. Finalement, ils ont posé quelques questions bizarres.

Entrée 15

Rik a rencontré sa femme après être revenu de leur voyage avec Neil. C'est de mauvais augure, je peux le dire. Mon beau-frère est resté très silencieux... pourquoi ?

Entrée 16

Aujourd'hui est un jour terrible, je ne sais pas ce qui va se passer. Shreya est allée chez mon beau-frère et a été renvoyée avec une puce dans l'oreille. Elle est allée sangloter dans sa chambre, le mur fragile est percé d'un trou et je pouvais tout entendre. Rik est entré et elle s'est retournée contre lui, elle voulait qu'il parte le lendemain matin. Pour la maison paternelle, ce faible et méchant Rik a cédé, qu'arrivera-t-il à mon Neil ? Il sera complètement détruit... elle parle au téléphone... je dois l'entendre car elle est dans le couloir.

Dernière entrée

Aujourd'hui, alors que j'écris sur cette nuit, je me souviens avec horreur du peu qu'il reste de ma vie, je ressens encore le sentiment d'horreur qui coule dans mes veines.

Il était 21 heures, juste après le dîner, lorsque je me suis assise pour écrire l'entrée du jour dans le journal et, après avoir regardé quelques émissions de télévision, je suis allée me coucher. C'est ma routine depuis des années.

J'ai entendu le grincement de la porte qui s'ouvrait et se refermait, puis des pas. J'ai compris qu'il s'agissait de la chambre numéro 3, celle où se trouvent Rik et Shreya. J'ai regardé par la fenêtre pour voir qui allait descendre le chemin qui passait tout près de ma fenêtre. Il y avait un brouillard à l'extérieur, très épais, de sorte que l'on ne voyait rien. D'après le peu que j'avais entendu de leur conversation, j'étais sûre que ce couple préparait quelque chose. J'enfilai rapidement ma cape et sortis dans l'air glacial. Il faisait vraiment froid et je ne pouvais que comprendre qu'il devait s'agir d'une course ou d'un travail vraiment urgent qui aurait pu faire sortir quelqu'un de la chaleur de la chambre par ce froid glacial.

Je continuais à marcher en suivant les bruits de pas qui, bien qu'indistincts, se faisaient encore entendre au loin.

Bien qu'habituée au temps et aux promenades, j'ai vu que nous montions sur le sentier qui menait au tor du diable.

Je haletais légèrement... il fallait que je montre au cardiologue ce que j'avais repoussé. C'est ce que je me disais. Nous avions atteint le tor. J'aperçus une silhouette, floue mais visible au loin. Il était impossible de la reconnaître, même s'il s'agissait d'un homme ou d'une femme. J'ai attendu derrière un arbre, un grand pin. Je ne pouvais pas prendre le risque de m'approcher davantage. Je risquais d'être vu.

Environ dix minutes plus tard, une autre silhouette a soudain surgi du rideau blanc, projetant la silhouette debout qui a crié... une voix de femme... Shreya certainement... le cri de désespoir a été étouffé dans le brouillard, puis un silence absolu... un silence de cimetière, comme on dit.

La deuxième silhouette avait disparu en passant très vite devant moi. J'ai suivi du mieux que j'ai pu, mais la silhouette était beaucoup plus rapide. J'ai suivi les pas... J'ai toujours l'ouïe fine, même si mes yeux ne sont pas très bons...

J'avais atteint le cottage qui était enveloppé dans le brouillard comme un flou jaune à la lumière du porche, la plus grande partie étant dans l'obscurité. La silhouette vêtue d'un manteau lourd et d'un cache-nez s'est dirigée vers la pelouse et, en la traversant, est entrée dans l'une des pièces, après avoir posé le pied sur le rebord de la fenêtre. Je connais exactement la position des fenêtres. Le meurtrier était à ma portée.

Quelques questions et je le saurai avec certitude... Shreya a été assassinée et j'en ai été le témoin.

En rentrant dans ma chambre, après avoir attendu un bon quart d'heure avant d'ouvrir la porte d'entrée pour ne déranger personne, je me suis préparé une bonne tasse de café fort... je n'allais pas dormir... autant se réchauffer.

L'entrée se termina...la dernière.

S'il y avait un autre journal, il n'avait pas été découvert.

***

Sherpa était très intéressé, mais pour l'instant, il n'y avait qu'une indication, pas de nom précis. Il pouvait s'agir de n'importe qui... C'était maintenant à lui de faire le reste.

La première chose à faire était de passer en revue les déclarations des gens une fois de plus.

Une fois cela fait, un sourire en coin, il décida qu'il était temps de convoquer à Bagora tous ceux qui avaient été présents au moment de la tragédie au cottage. La police avait le pouvoir de le faire, un pouvoir souvent mal utilisé pour convoquer toute personne dont la présence était nécessaire ou qui pouvait fournir des informations vitales pour l'affaire ou l'enquête. Le code pénal indien et le code de procédure pénale donnent ce pouvoir, l'affaire n'a pas été classée, elle a été suspendue temporairement par manque de preuves.

L'heure était au dénouement, à la chute finale du rideau d'une pièce de théâtre bien organisée. Après cela, il y aurait les procédures, c'était la partie amusante. Il se frotta les mains et décrocha son téléphone.

***

Kush vivait désormais dans un nouveau complexe résidentiel construit à la périphérie d'une ville en constante expansion, dont la périphérie changeait donc fréquemment. Les lumières de la ville, clignotant comme des lucioles, des centaines, des milliers, des millions dans la grande ville, pouvaient encore être aperçues dans la nature depuis sa terrasse. L'obscurité n'est jamais totale dans une grande ville. C'est toujours la pénombre. Kush n'était pas heureux, même s'il avait supposé que l'obtention de l'appartement après le dépôt de l'hypothèque le rendrait heureux, il était troublé par sa conscience et son silence. C'est à ce moment précis que son téléphone portable s'est mis à sonner, puisqu'on lui avait demandé d'enregistrer le numéro lorsqu'il avait été autorisé à quitter Bagora ; il savait qu'il s'agissait de l'inspecteur Sherpa et son cœur a battu la chamade.

Après avoir passé tous les appels nécessaires, Norbu Sherpa s'apprêtait à refermer le journal et à le ranger dans le paquet lorsqu'une chose l'a frappé. Le journal avait une partie pliante dans la couverture pour y ranger des feuilles volantes ou d'autres petits objets divers. Il décida de regarder et, en effet, un petit papier déchiré du journal était plié et gardé dans le renfoncement le plus intérieur. Il le sortit et commença à lire.

Dernière entrée (suite)

Ce que j'ai vu aujourd'hui ne peut être décrit. J'ai vu le tueur. L'assassin de Shreya. Depuis ce soir, je connais la vérité et je ne pourrai plus jamais vivre en paix. Elle était dans une conspiration noire avec son mari. Elle parlait à son mari lorsque le tueur s'est approché d'eux sans qu'ils le voient. En raison de la brume épaisse, il est resté caché derrière ces grands cèdres. Le couple a parlé pendant un certain temps, puis s'est pris dans les bras. J'ai vu le tueur serrer les poings. Il était dans une colère sans nom et à peine Rik était-il parti le long de la pente que la femme regardait fixement dans l'obscurité, le travail était fait. Elle a crié une fois, mais on ne l'a plus entendue, car les ténèbres l'ont engloutie. Je ne pense pas que le mari l'ait entendue, sinon il se serait précipité en arrière.

Le tueur est reparti rapidement et je l'ai suivi. Il était difficile, avec ma vision, de l'identifier à cette distance dans l'obscurité et j'ai continué à le suivre. En 15 minutes, nous étions au cottage, l'homme escaladant le mur à ma grande surprise et entrant par la fenêtre d'une chambre du rez-de-chaussée. La chambre de mon neveu que je connaissais si bien...

La fenêtre s'est refermée et la pièce est restée dans l'obscurité. J'ai lentement regagné ma propre chambre et, après être restée éveillée toute la nuit, j'écris ces lignes au petit matin... Que Dieu me pardonne...

Que puis-je faire pour sauver la personne que j'aime le plus et expier le péché d'avoir gardé le silence là où la justice devrait être rendue en ouvrant la bouche et en disant la vérité ?

***

Chapitre 24

C'était une journée froide et toutes les personnes qui s'étaient rassemblées dans le salon du cottage de Whispering Pines se disputaient la chaleur émise par le radiateur électrique à trois barres. Cela faisait du bien après le froid et le brouillard de l'extérieur.

Le respirateur artificiel venait d'être retiré et Sreetama avait quitté ce monde... discrètement et sans faire d'histoires. On ne peut pas en dire autant de tout le monde... C'était une femme seule, âgée et peu aimée. Personne ne semblait affecté. C'était naturel. Les liens du monde ont rarement une grande valeur, sauf lorsqu'ils touchent nos proches.

La police n'avait pas retrouvé de journal intime lors de la fouille de son atelier. Elle peignait. Pas de grande qualité comme on le pense, mais un atelier avait été aménagé dans le grenier pour elle. Pour lui faire plaisir plus que tout. Qu'elle ait pu tenir un journal était presque incroyable pour les gens qui la connaissaient bien. Un caprice ou une fantaisie de ses dernières années, alors qu'elle n'avait rien d'autre à faire.

C'était une vie terne et ennuyeuse pour elle. C'est ainsi qu'elle s'est terminée.

Dhrittiman Neogi, le frère, semblait contrarié. Son organisation domestique avait été entravée. Il devait maintenant s'occuper d'un grand nombre de petites choses que sa jeune sœur avait l'habitude de faire. Il n'y avait jamais prêté beaucoup d'attention, mais elles lui semblaient désormais une lourde tâche. On ne se rend compte de l'énormité d'une tâche que lorsqu'on y est confronté.

Mira, la servante dont les yeux gonflés montraient qu'elle avait beaucoup pleuré, avait apporté le café à la table. Alors que tout le monde buvait son café en silence, plongé dans ses propres pensées, on frappa bruyamment à la porte.

Qui peut bien être là à cette heure-ci ? s'exclama Dhrittiman. Mira, regarde qui est à la porte. Mira était la deuxième servante qui faisait également office de cuisinière.

Alors que la servante ouvrait la porte avec une bouffée d'air froid et de brouillard, le visage rond, lisse et souriant de Norbu Sherpa, l'OC, apparut. Il se frotta les mains avec reconnaissance et s'installa sur une chaise près du feu.

Je peux avoir du café ? dit-il en souriant effrontément. Il fait très froid dehors et ma voiture est tombée en panne. J'ai dû monter la colline à pied.

Dhrittiman le regarda et fit froidement signe à Mira d'apporter une autre tasse.

Vous devez savoir, Monsieur l'agent, que nous venons d'apprendre une très mauvaise nouvelle. Ma sœur vient de mourir à l'hôpital. Je vous prie de venir à un autre moment. Nous sommes assez perturbés en ce moment.

Oui, bien sûr. Je suis vraiment désolé. Je vous prie d'accepter mes condoléances. Mais j'ai besoin de parler. Maintenant.

Dhrittiman Neogi lève les mains en signe d'exaspération.

C'est là que le bât blesse... Quel est le problème qui est si important ?

Sirotant son café, les petits yeux de Norbu brillent. C'est la petite affaire de son meurtre.

Si un coup de tonnerre avait soudainement frappé la pièce et l'avait laissée en désordre, le silence n'aurait pas pu être plus grand. C'est ce qu'on appelle un bruit d'épingle, bien qu'on ne l'entende jamais, du moins pas dans la vie réelle.

Dhrittiman Neogi a d'abord trouvé sa voix. Qu'est-ce que vous voulez dire ? Qui l'a tuée ?

Je pense que vous savez très bien qui l'a fait. dit Sherpa à voix basse.

L'écrivain s'est levé, tremblant de rage. Comment osez-vous suggérer cela ?

Son fils intervient. S'il vous plaît, asseyez-vous, mon père. Vous allez tomber malade. Officier, ne faites pas d'insinuations. Dites-nous clairement ce que vous voulez dire.

Docteur Neogi, patience... patience. Je vais vous le dire, ne vous énervez pas comme ça. L'officier était calme.

C'est pour cela que je suis venu ici. Mais d'abord, une autre tasse de votre excellent café.

Ecoutez, monsieur l'agent, vous ne pouvez peut-être pas comprendre que c'est un sujet très sensible pour nous. Vous semblez être très décontracté à ce sujet, dit Madhuparna en prenant la parole pour la première fois, le ton glacé.

Sherpa sourit. Son visage jovial et séduisant s'est plissé.

En effet, madame ! Beaucoup de gens ici me ressemblent. Insensibles et malheureusement cruels... ce que je ne suis pas".

Les mots eurent l'effet escompté. Le silence se fit à nouveau.

Je vais commencer par le deuxième événement. La disparition de deux personnes dans deux endroits sans lien entre eux. D'abord le cas de Mme Shreya et ensuite celui du gardien de l'auberge, qui a été signalé trois jours plus tard.

Un événement soudain et lourd de conséquences. Une dame disparaît, une jeune femme, invitée du célèbre écrivain et épouse de l'ami de son fils. Une équipe de recherche est organisée après que j'ai été réveillé de mon sommeil, désolé pour cela.

Mais le terrain est difficile, trop difficile, des kilomètres de forêt, une forêt profonde avec seulement des voies d'escalade pour les montagnards locaux. L'équipe de recherche a du mal à s'y retrouver et jusqu'à ce qu'elle reçoive une indication d'un bûcheron local, elle ne peut rien localiser pendant trois mois. C'est très pratique pour le meurtrier. N'est-ce pas ?

Et lorsque le corps est enfin découvert, il s'agit presque d'une partie de squelette dont il ne reste rien pour l'identifier. Sans le corps du délit, l'affaire ne peut guère avancer. Comme deux personnes ont disparu, il est essentiel que l'identité soit établie avec certitude.

Les os sont envoyés pour une autopsie à nul autre que l'ancien grand docteur Ryan Ray, qui a été transféré à l'école de médecine nouvellement construite. Connu pour faire des miracles, après son succès dans l'affaire du meurtre du bébé, il avait disparu mystérieusement pendant un certain temps et des rumeurs circulaient quant à savoir s'il était vraiment sain d'esprit... certains médecins de l'hôpital avaient parlé de ce docteur... vous voyez, les gens aiment les ragots".

Quoi qu'il en soit, Sherpa dit en sirotant un peu plus de café : "Le médecin a pratiqué l'autopsie de la victime. Le médecin a procédé à l'autopsie des os, il n'était plus lui-même, mais il était encore assez bon. Il essayait les méthodes conventionnelles sans succès, surtout en ce qui concerne l'identification. C'est alors qu'il a fait quelque chose qu'il était le seul à pouvoir faire. Il a enlevé les dents et en a extrait une partie pour tester l'amélogénine, une protéine. Il l'a envoyée à l'université du Nord Bengale, qui dispose des installations nécessaires pour tester de tels échantillons à des fins d'identification, et le rapport est arrivé quelques jours plus tard. Il avait bien sûr discuté de la marche à suivre avec moi bien à l'avance et les échantillons scellés ont été envoyés par la police au laboratoire pour être testés, car nous étions conscients des implications juridiques de l'affaire.

Quoi qu'il en soit, le rapport est arrivé et les ossements ont été détectés comme étant de sexe masculin et non féminin. Cela a complètement inversé l'affaire. Cela signifiait que ce n'était pas les restes du corps de Shreya que nous examinions. C'était quelqu'un d'autre. Était-ce le gardien ?

L'ADN a été analysé et comparé. Il s'est avéré qu'il s'agissait bien des restes du gardien en faisant correspondre les échantillons de ses robes et de ses cheveux avec ceux des brosses. Le crâne présentait une fissure sur le dessus. Une ligne de fracture. Le Dr Ryan s'est alors penché sur cette affaire. Il a envoyé un échantillon de l'os pour histopathologie au nouveau service de pathologie qui, de toute façon, n'a plus beaucoup de travail. L'examen histopathologique a révélé qu'il s'agissait d'une fracture ante mortem, c'est-à-dire d'une fracture survenue avant le décès. Par conséquent, la ligne de fracture a été causée avant que la chute ne tue l'homme. Une fracture s'est produite au-dessus de la ligne du bord du chapeau. Les fractures des côtes, en revanche, ont été constatées post mortem, c'est-à-dire que la mort est survenue avant qu'elles ne se produisent.

On peut donc en déduire que la personne qui a frappé le crâne sur le dessus l'a tué. Le corps a ensuite été poussé vers le bas de la pente. Il était déjà mort à ce moment-là.

La question est maintenant de savoir qui l'a frappé à la tête. C'est notre meurtrier numéro un.

Nous avons vérifié les données du téléphone portable auprès de l'opérateur de télécommunications et trouvé sa liste d'appels, ce qui est la première chose évidente que fait la police dans ce genre d'affaire. Le dernier appel avait été un appel sortant vers un numéro de portable. Le numéro de portable de la deuxième victime, Shreya...

Un silence de plomb s'est installé dans la pièce. C'était vraiment le murmure des pins dans le vent que l'on entendait, justifiant le nom du cottage.

Chapitre 25

Norbu sirote lentement son café. Il semblait en savourer le goût sur le bout de la langue. Puis il parla ' c'était bien planifié dans les moindres détails...mais vous connaissez le destin...il est toujours là à la fin. Rik est tombé éperdument amoureux d'Ibrar et cela l'a poussé à innover et à tenter un double jeu... il fallait qu'il ait Ibrar. Maintenant, il doit duper deux personnes, Shreya et Neil. Tous deux pouvaient être dangereux s'ils connaissaient la vérité.

Rik était intelligent, presque rusé, mais comme la plupart des gens rusés, il avait une faiblesse. Une faiblesse qui consiste à penser que les autres sont stupides. Tout le monde n'est pas stupide. Il décida de pousser l'intrigante Shreya du haut de la falaise alors qu'elle se tenait là, comme ils l'avaient prévu. Le corps se rendrait dans une vallée très boisée et peu habitée, de sorte que les chances qu'il soit retrouvé étaient infimes. Et même si c'était le cas, les soupçons se porteraient sur Neil. Il avait fait en sorte que la famille soit informée de sa relation avec Neil par l'intermédiaire de Shreya. Neil le voulait et Shreya était un obstacle.

Neil serait arrêté pour suspicion de meurtre et il serait libre de partir avec Ibrar. C'était un vrai diable ce type... Rik. J'ai rarement vu un homme plus cruel. Mais même le pire trouve sa contrepartie et il l'a trouvée en Ibrar qui avait ses propres projets, nous y reviendrons. Son problème a commencé lorsque Mme Sanyal a cru voir quelqu'un pousser Shreya et l'a suivi jusqu'à la maison.

Cependant, ce n'est pas Rik qui a réellement poussé Shreya, son objectif était de créer un faux accusé, étouffé dans le brouillard, Sreetama Sanyal n'avait aucune chance de l'identifier. Il avait tout programmé pour qu'Ibrar soit son substitut dans ses activités diaboliques, il l'avait implanté. Si Ibrar avait l'idée que Shreya et le gardien Kashif Ansari étaient des obstacles sur son chemin, il n'hésiterait pas à les éliminer tous les deux. C'est un jeune homme impétueux qui a le sang chaud.

Une fois que Kashif a appelé Shreya et qu'elle est sortie pour le rejoindre, comme il a pu entendre clairement la partie de la conversation de Shreya, il a appelé de la ligne fixe, et non de son portable, la ligne fixe de l'auberge de Bloomsbury et a demandé Ibrar. Ibrar avait vu le directeur sortir entre-temps et l'avait suivi, souple comme une panthère, prêt à bondir. Un bâton épais utilisé pour jouer au hockey à l'école à la main.

Il est agile, c'est un sportif et il pouvait monter la pente beaucoup plus vite que Kashif, qui a de l'ordre et devient obèse. C'est au moment où le virage arrive qu'Ibrar s'écroule avec un violent coup de poing sur le dessus de la tête. Un homme plus grand avait frappé Kashif qui mesurait six pieds de haut alors que Rik mesure cinq pieds huit pouces, s'il avait porté le coup, il ne l'aurait pas fait sur le dessus, sauf s'il était perché à une plus grande hauteur, ce qui était peu probable.

Rik a fait en sorte que Sreetama suive Shreya une fois qu'elle a entendu la conversation. Après les avoir vus s'embrasser et Rik partir, elle a vu quelqu'un dans la brume se précipiter soudainement et l'incident de Shreya poussée, terrifiée, elle a couru en arrière. Qu'est-ce qu'elle voit devant elle dans la lumière ? quelqu'un qui entre dans la chambre de son neveu dans l'obscurité. De qui s'agit-il ? Elle ne peut le dire avec certitude. Mais comme son neveu est amoureux de Rik, Shreya est une ennemie naturelle. La police ne pouvait que le soupçonner. La seule option est le silence. Cependant, sa conscience est troublée par le fait de laisser un meurtrier s'échapper impunément et elle fait donc ce qu'elle pense être le mieux dans les circonstances actuelles.

Maintenant qu'elle n'est plus sûre de ce qu'elle a vu, elle risque d'attirer de gros ennuis à son neveu. Elle tente une autre voie. Elle commence à attaquer Rik indirectement en essayant de lire ses réactions.

Mme Sanyal était un antagoniste dangereux, Rik le savait, mais Rik l'était aussi, ce n'était pas un homme avec lequel il fallait jouer. Elle avait lentement tourné la vis et lui avait donné des indications sur ce qu'elle avait vu. Rik a lu les signes de danger et, un jour où il en a eu l'occasion, il a plongé la seringue d'insuline avec une dose différente d'insuline dans la vieille dame sans défense. Elle est tombée dans le coma et est finalement décédée. Un obstacle a été franchi... mais il ne le savait pas.

Sherpa sortit alors un magnifique journal recouvert de cuir noir.

Dhrittiman Neogi s'étonne : "C'est le journal de Sreetama... Je le lui ai donné pour qu'elle passe le temps, pour qu'elle écrive ce qu'elle voulait, car sa vie n'avait rien de vraiment intéressant".

En effet, ce journal a joué un rôle très important, car il a permis de lever l'écran de fumée de nombreux crimes... nous y reviendrons l'un après l'autre.

Mais Mme Sanyal était intelligente et avait prévu quelque chose de ce genre. Elle a noté les détails dans un journal qu'elle a tenu et l'a envoyé à son avocat pour qu'il le remette à la police en cas de décès, de sorte que lorsque l'injection mortelle a été faite, Rik n'a pas pu le trouver. Il ne savait pas non plus si elle existait vraiment. Il voulait cependant s'en assurer.

A part son propre meurtre, tout était là. Les détails qu'elle avait notés... le plan était exposé avec son meurtre... elle l'avait fait garder par son avocat pour qu'il l'ouvre en cas de décès et le remette à la police. Hier en début de soirée, j'ai reçu un appel des avocats de Siliguri pour prendre la garde du journal et le jeu de Rik était terminé. Le reste, vous le connaissez. Il ne s'agit que de la pose du piège et de la capture de la proie.

Mais le crime est commis plus tard, il y a un prélude. C'est sur cela qu'il faut se concentrer.

On frappe à la porte.

Norbu Sherpa se lève et ouvre la porte... comme s'il s'y attendait. Quelques mots furent échangés et la silhouette silencieuse et sombre de Ryan apparut dans l'encadrement de la porte. Il était devenu un peu obèse, en raison d'une année passée à prendre des médicaments pour traiter sa dépression.

Merci d'être venu. Maintenant, Dr Ray, ayez la gentillesse de nous dire ce qui a motivé toute cette histoire. D'après vous, qu'est-ce qui a commencé ?

Ryan Ray s'assit lourdement sur le canapé et se frotta les mains. Il faisait froid dehors.

Comme l'a dit l'inspecteur, tout a commencé avec la relation entre Rik et Shreya. C'était un mariage d'amour, mais le fait de ne pas avoir d'enfant après 7 ou 8 ans de mariage a mis leur relation en péril... d'autant plus que les parents de Rik faisaient pression pour qu'ils aient un bébé. Comme cela ne s'est pas produit, ils ont passé des tests médicaux et les résultats ont été choquants. Shreya ne pourrait jamais être mère en raison d'anomalies congénitales du tube utérin, un fait que je suis en mesure de confirmer après avoir reçu ce rapport d'un laboratoire de Delhi. Le ministère de l'intérieur a découvert le laboratoire avec l'aide de la police locale et m'a envoyé par courrier électronique une copie que j'ai imprimée. Reconnaissez-vous ce Rik ? C'est le même rapport. Où est l'original que vous avez reçu physiquement du laboratoire ? Votre signature et la copie de votre pièce d'identité se trouvent au laboratoire lorsque vous avez réclamé le rapport. Vous ne pouvez pas le nier, n'est-ce pas ?

Rik est resté silencieux. Ses yeux brûlaient d'un feu d'enfer.

Ok, je vais continuer puisque vous êtes toujours silencieux. Rik a décidé qu'ils devaient avoir une mère porteuse. Les dépenses et le coût de la vie à l'étranger dépassaient leurs moyens... Maintenant, voyez la partie diabolique de la chose. Rik a décidé d'utiliser, oui, c'est un mot dur, dit Ryan en voyant Neil grimacer, mais la vérité et vous avez trop longtemps évité la vérité, Dr Neil. Je suis désolé pour vous mais vous devez savoir. La voix était douce, apaisante. Il montra à Neil la moitié des cartes. La femme discordante, la vie dégoûtante, les querelles et l'ancien béguin... Il est descendu et a établi une relation complète entre eux, une relation physique cette fois. Dans un moment de faiblesse, Neil est tombé dans le panneau. Peut-être par solitude ou par amour, je ne sais pas, mais il était maintenant aspiré... il n'avait pas d'échappatoire. Ils devaient avoir une mère porteuse pour leur propre enfant dans un pays étranger. Rik l'adopterait plus tard. Il connaissait bien l'opinion du père de son ami et était sûr que Neil ne pousserait pas à l'adoption. Il préférait se laver les mains si possible. Il obtiendrait l'argent avec le seul désir d'avoir Rik en permanence dans sa vie. Il ne le refuserait jamais. Il ne pourrait jamais le faire dans sa vie, comme Rik le savait très bien. Il a décidé d'exploiter cet amour ou cette faiblesse, quel que soit le nom qu'on lui donne. Les lois sur la maternité de substitution dans notre pays, qui sont démodées et draconiennes, sont en quelque sorte responsables de la formation du plan initial...

L'ennui, dans ce plan bien ficelé, c'est que Rik, qui était venu à Bagora pour rencontrer l'agent qui était le revendeur clandestin de ces cliniques, est tombé amoureux de façon imprévue. Ibrar devait régler les détails dans son pays d'origine. Mais Ibrar l'a balayé du revers de la main, bien qu'il n'ait été qu'un intermédiaire au début, organisant la maternité de substitution dans le pays voisin où ces cliniques fonctionnent selon des règles plus faciles que dans notre pays. Il devait l'avoir pour lui. Maintenant, Shreya aussi était dangereuse pour lui. Il décida de jouer un double jeu.

Il a implanté dans Ibrar la plus puissante des graines empoisonnées, la jalousie. Ibrar, son substitut, le supportait maintenant comme son substitut. Il lui fit comprendre qu'une fois Shreya mise hors d'état de nuire et Neil soupçonné du meurtre, ils seraient libres d'aller au Népal et de vivre la vie qu'ils voulaient avec l'argent de Neil et celui obtenu de son auteur de père.

Ibrar, l'intermédiaire pour cette gestation pour autrui, un jeune homme jaloux, ne laissait pas l'herbe pousser sous ses pieds. Il savait que le directeur, une fois qu'il aurait parlé à Shreya, détruirait leur projet d'évasion dans n'importe quel pays étranger où le mariage gay était possible, mais ce n'était pas Rik qu'il visait, il était beaucoup plus âgé que lui et n'était qu'un moyen d'arriver à ses fins. Il avait entendu le gardien parler à Shreya au téléphone et savait qu'ils allaient se rencontrer au sommet de la falaise. Il suivit la silhouette de la panthère dans le brouillard et, juste avant le virage, il la frappa à l'arrière de la tête... Il balança ensuite le corps sans vie le long de la pente, sachant très bien que dans la jungle épaisse qui se trouvait sur la pente, le corps ne serait pas retrouvé facilement.

Le travail étant fait, il passa à la victime suivante. On dit que c'est toujours plus facile la deuxième fois. Elle entendit des pas, s'attendant à voir le gardien, elle ne fut pas surprise. Elle l'attendait. C'est pourquoi lorsqu'elle reçut une puissante poussée, Ibrar est un jeune homme très fort, elle ne put s'équilibrer et tomba tête baissée dans la gorge.

C'est cet homme, grand et agile, que Mme Sanyal a vu dans le brouillard épais. Elle a une courte vue et dans le brouillard épais, cet homme vêtu d'un manteau mou a marché rapidement, tandis qu'elle essayait de le suivre du mieux qu'elle pouvait. Elle avait du mal à suivre un jeune homme agile et ce n'est que lorsque l'homme lourdement vêtu est entré dans une pièce par la porte-fenêtre qu'elle a vu son dos. La chambre de Neil...

Naturellement, elle pensait que c'était Neil qui avait poussé Shreya. Mais c'était Rik qui avait créé cet écran de fumée à dessein, mettant le doute sur Neil. Mais avant cela, il a créé une autre illusion qui l'a aidé à prendre Shreya au dépourvu. Chaque soir, lorsque Shreya sortait pour sa promenade nocturne, il la suivait à distance en portant une paire de bottes qui faisaient beaucoup de bruit sur le chemin menant au sommet. Mais lorsque Shreya se retournait, elle ne voyait personne. Naturellement, elle a pensé qu'il s'agissait d'une erreur de sa part. Une erreur... Aussi, lorsque le jour fatal, les bruits s'approchèrent, cette fois des pas d'Ibrar, elle les ignora.

C'est ce suivi régulier de Shreya que Kush a vu de sa fenêtre, le retour de Rik juste avant que Shreya ne revienne. Il l'a également vu la nuit fatale, sauf que Shreya n'est pas revenue, bien qu'il ait attendu très tard, et bien qu'il n'ait pas eu connaissance de l'implication d'Ibrar, il a vu le reste des parties intéressées. Lorsqu'il a appris la disparition de Shreya, il a décidé de l'utiliser à son avantage. Rik n'a eu d'autre choix que d'obtempérer. Il a donné un tour de vis et a obtenu de lui et de Neil l'argent dont il avait besoin.

Votre confédéré ou le substitut de votre plan diabolique, bien que je puisse voir qu'il avait déjà le diable en lui parce qu'il avait ce plan de mettre le garçon là où il pourrait être utilisé commodément, pour mettre le directeur dans le pétrin si nécessaire. Ibrar a été arrêté aujourd'hui tôt dans la matinée alors qu'il tentait de s'enfuir avec l'argent. Il a déjà été transféré en détention, mais je pense qu'en raison de son âge, il pourrait échapper à la loi dans une large mesure.

Nous avions envoyé un avis au directeur pour l'informer que nous devions fouiller toutes les chambres de l'école et de l'auberge de Bloomsbury aujourd'hui. En raison de la découverte de drogues, nous avons annoncé la fouille des chambres du directeur. Ibrar, alarmé, a tenté de s'enfuir, tombant directement dans notre piège. Il n'a pas pensé à vous informer de ses propres plans parce qu'il ne vous aime pas Rik, il aime quelqu'un d'autre. Vous aviez bien sûr transféré l'argent résiduel que vous aviez pris cette nuit-là dans la chambre de Neil, dans l'obscurité. Le montant de cinq lakhs a été donné à Kush pour acheter son silence. La mauvaise conscience d'Ibrar l'a poussé à se comporter différemment des autres.

Souvenez-vous de cet orphelin népalais disparu de l'auberge pour vol qualifié, il avait été emmené par les collines en utilisant les transports locaux et en faisant de l'auto-stop jusqu'à un village reculé du Népal, où tous deux devaient vivre de cet argent. Il y a de nombreux endroits où les collines fusionnent les deux pays et où la frontière n'est pas gardée de manière définitive. Il s'agissait d'une double traversée avec un double passeur. Ibrar essaya de faire la même chose en attachant les liasses de billets, ou plutôt en les sanglant sur son ventre, pendant qu'il suivait le même chemin. Il avait une connaissance étrange de ce terrain qui a joué un rôle très important dans cette affaire et que l'on peut presque qualifier de personnage, puisqu'il l'avait utilisé si couramment pour défier les frontières en transportant la drogue du Népal jusqu'à Bagora en Inde. Vous voyez, Rik, c'était beaucoup de bruit pour rien. Personne ne t'aimait vraiment, sauf l'homme que tu as doublé, utilisé et détruit pour arriver à tes fins.

Il n'avait pas de plans précis, mais il en jouait et la tromperie qu'il avait dans le cœur était évidente dans la façon dont il a utilisé des moyens clandestins pour faire passer la frontière à ce garçon. Il ne t'a jamais parlé de ce garçon, il ne l'a jamais mentionné, même s'il prétendait t'aimer.

Neil regardait la scène, complètement abasourdi. Il semblait avoir tout perdu et le choc qui en avait résulté l'avait littéralement transformé en pierre.

Rik, quant à lui, avait l'air complètement anéanti par cette nouvelle... il se tenait la tête entre les mains et gémissait. Neil le regardait, un mélange d'amour, de haine et de dégoût dans les yeux.

Un gendarme est venu escorter Rik jusqu'à la jeep de la police.

Soudain, Norbu Sherpa reprend la parole, la voix plus grave qu'auparavant.

C'est une partie de l'histoire, mais il y a autre chose...

Tout le monde regarde l'inspecteur.

Est-ce une sorte de plaisanterie stupide ? demanda Kush.

Malheureusement, non, j'ai l'habitude de faire des blagues, mais pas au prix de vies humaines. Il regarde Dhrittiman Neogi qui rougit.

Je pense que vous êtes au courant, M. Neogi ; voulez-vous parler ? C'est pourquoi j'ai dit au début que vous connaissiez le meurtrier. Vous le connaissiez très bien en effet ; je voudrais vous dire, Kush, que le promoteur à qui vous avez versé les cinq lakhs en liquide comme acompte pour votre nouvel appartement a accepté la vérité. C'était le prix de votre silence, votre silence sur ce que vous avez vu de la fenêtre de la mansarde la nuit, elle offre une excellente vue, vous l'avez parfaitement utilisée".

Kush essaya de parler, mais sa voix s'affaiblit.

Très bien, je vais le faire pour vous. Asseyez-vous... s'il vous plaît.

Neil s'était levé, chevaleresque comme à son habitude : "Mon père est un vieil homme, pourquoi diable voulez-vous le déranger, je n'accepterai pas de telles brimades".

Dr Neogi, ne vous énervez pas. J'ai de très bonnes raisons de dire ce que je dis. Asseyez-vous.

Un homme sans ressources mais brillant vient demander conseil à un écrivain célèbre, un homme plus âgé, un auteur de best-sellers, un homme respecté. Il l'engage comme correcteur et secrétaire. Bientôt, le célèbre écrivain se rend compte que l'homme qu'il a engagé est un génie, un écrivain né, et qu'il lui a montré quelques-unes de ses œuvres. Il lui avait montré certaines de ses œuvres : modernes, offensives, cinglantes à l'égard de la société et d'un jeune esprit brillant à l'œuvre".

Connaissez-vous le professeur Kunal Goswami, M. Neogi ?

L'auteur reste silencieux.

Puisque vous vous taisez, c'est à moi de parler.

Le professeur Goswami est un homme très connu dans son domaine, un grand chercheur et une autorité en matière de maladie d'Alzheimer. Vous êtes sous son traitement depuis quelques mois, voici les dossiers.

Une liasse de papiers est sortie du sac de Sherpa.

Dhrittiman reste silencieux.

Le crime le plus dangereux est celui qui tue l'âme, la détruit au-delà de toute rédemption. C'est ce que vous avez fait en premier lieu, Dhrittiman Neogi. Tu as tué l'âme d'un jeune homme.

Je n'ai pas voulu le faire, je l'ai payé.

Norbu Sherpa rit... c'était un rire de dérision.

Paiement ! Tu parles de paiement, espèce de bâtard sans vergogne". Le langage était devenu injurieux, comme le font souvent les policiers face à un criminel de sang-froid.

Neil se lève. Inspecteur, c'est intolérable.

Taisez-vous et écoutez ou je vous arrête pour obstruction à un officier de police. Ça suffit et laissez-moi faire mon travail".

Neil s'effondre.

Votre père, le grand Dhrittiman Neogi, a publié le livre écrit par Prithwish sous son nom, un changement complet de style, un livre attaquant l'abolition de la section 377 IPC. Le livre a causé beaucoup d'ennuis et, comme tout livre controversé, il s'est vendu à un rythme incroyable.

Vous avez été surpris, n'est-ce pas M. Mansukhani ? J'ai les enregistrements des discussions sur WhatsApp et tous les courriels qu'il a envoyés aux éditeurs, y compris les cinq chapitres et le synopsis qui vous sont destinés, depuis l'ordinateur d'où il les a envoyés. La police n'est pas trop mauvaise en matière de technologie".

Mansukhani, qui était resté silencieux pendant tout ce temps, a pris la parole pour la première fois : "Oui, j'ai été surpris. Un changement de style et d'approche se produit, mais pas à son âge.

Bien sûr, vous n'aviez rien à dire. Comment étaient ses ventes juste avant la parution de ce livre ?

Elles ont chuté rapidement au cours des trois dernières années, le même type d'histoires, des auteurs similaires arrivant sur le marché... c'est une tendance.

Exactement, c'est une tendance. Neogi lui a versé une somme importante, mais ce n'est rien comparé à la reconnaissance qu'un auteur recherche.

Il s'est senti floué lorsque Neogi lui a promis de le mettre en contact avec un grand éditeur pour son deuxième livre, mais qu'il a refusé de le faire. Au lieu de cela, il l'a menacé de le poursuivre pour plagiat. Neogi était un grand nom, Prithwish, pourtant brillant, n'en était qu'à ses débuts. Il n'était pas de taille à l'affronter. Le secteur de l'édition est aussi mauvais que celui du cinéma en ce qui concerne le népotisme. Déçu et désillusionné, il a commencé à montrer son travail à des personnes extérieures, le Dr Ryan, pourriez-vous nous parler de votre expérience ?

Oui, certainement, sinon cela pèsera sur ma conscience. Il m'a rencontré à la bibliothèque locale et je suis descendu pour rencontrer M. Neogi, qui est ensuite venu occasionnellement dans ma maison. Il avait de graves problèmes de sommeil mais se consacrait à l'écriture. Il m'a montré son nouveau roman et je dois dire que je l'ai beaucoup aimé. C'était un roman dans le style et les déclarations étaient très bonnes, fortes, précises.

Je lui ai dit de prendre des médicaments si nécessaire, ayant moi-même souffert d'insomnie à plusieurs reprises. Il m'a dit qu'il prenait de la mélatonine à raison de dix milligrammes qu'il commandait tous les deux mois sur internet. La mélatonine n'est pas facile à obtenir dans les pharmacies locales, bien qu'elle soit en vente libre dans la plupart des pays étrangers. Aujourd'hui, je l'ai rencontré pour la dernière fois au marché. Il était nettement essoufflé lorsqu'il m'a parlé. Je l'ai interrogé sur son état de santé, mais il m'a répondu qu'il allait bien, qu'il avait juste quelques palpitations après avoir pris de la mélatonine. Je lui ai dit d'arrêter s'il continuait à se sentir mal à l'aise, car certaines personnes ont un effet secondaire d'augmentation du système sympathique et doivent faire preuve de prudence. Il a acquiescé et m'a dit qu'il devait aller chez l'opticien ; il avait cassé ses lunettes sans lesquelles il était pratiquement aveugle en vision de près. La dernière fois que je l'ai vu, c'était sur la table de la morgue".

Le sherpa a pris le relais. Voici le nœud du problème. Puis-je vous demander, Dhrittiman Neogi, si vous êtes un patient cardiaque ?

Oui.

Bien. C'est la Lanoxine que vous prenez en plus de la mémantine et maintenant le nouveau médicament au nom difficile pour la maladie d'Alzheimer ?

Oui.

Je vous dis qu'on vous a vu entrer dans la chambre de Prithwish dans l'après-midi. Pourquoi êtes-vous entré dans sa chambre fermée avec votre double des clés ?

Je ne suis jamais entré dans sa chambre. Grogna le vieil homme.

En effet, il y a suffisamment de preuves que vous l'avez fait. Le niez-vous toujours ?

Oui, absolument.

Alors, monsieur, peut-être pourriez-vous expliquer cette inscription dans le journal de votre belle-sœur ? Il l'a montré du doigt.

Dhrittiman Neogi l'a lue, devenant blanc et tremblant. Enfin, les mots se sont formés d'eux-mêmes et ont été terribles à entendre ;

Oh mon Dieu ! Qu'as-tu fait, Sreetama ! Tu m'as fait monter sur l'échafaud.

Je vous dis que vous êtes entré dans la pièce pour remplacer l'une des capsules du flacon par une capsule remplie de Lanoxin ou digoxine, le glycoside cardiaque. Une personne prenant ce médicament devait ressentir les mêmes effets secondaires initiaux de la mélatonine que ceux dont il vous avait parlé. Mais il était certain qu'il provoquerait un arrêt cardiaque. Prithwish devait mourir d'une manière qui, malgré les installations mortuaires primitives et l'erreur commise par Ryan Ray en effectuant des tests trop sophistiqués, avait peu de chances de se répéter. Même si la police confisquait le flacon pour cause d'empoisonnement, il n'y aurait que de la mélatonine dans toutes les autres gélules. Un plan diaboliquement simple mais efficace. Vous l'avouez ?

Ecoutez, monsieur l'agent, vous n'avez aucune preuve de ce que vous avancez. Ce ne sont que des conjectures et des suppositions. Vous ne pouvez pas torturer mon père de cette manière". Neil était véhément.

Dhrittiman Neogi lève la main pour l'arrêter.

Une voix désincarnée semble venir de loin. Je l'ai fait. Je ne pouvais plus écrire. Il a refusé d'écrire sous ma direction. Il a dit qu'il m'exposerait... le déshonneur... la douleur... la maladie sur laquelle je n'avais aucun contrôle. Il m'avait donné un mois pour y réfléchir, il ferait le reste si je ne le faisais pas publier par une grande maison dans ce délai. Toutes les maisons d'édition prennent beaucoup de temps, j'ai dit que j'avais besoin de quelques mois... il a accepté et a signé son arrêt de mort. Il devait prendre la capsule blanche un jour ou l'autre, à mesure qu'il épuisait son stock. La malchance a voulu que ce soit le soir même, je n'avais pas négocié cela. Le diable avait pris le contrôle de mon âme... il m'avait implanté cette idée... je n'ai fait que lui servir de substitut...

***

Epilogue

Il avait vu une citation quelque part ; il ne se souvenait plus où, mais il l'avait vue. Elle était restée gravée dans sa mémoire, comme les choses que nous aimons raconter, dans un coin de l'inconscient.

"Il faut être fou, stupide ou idiot pour être heureux. La vie était trop courte pour être autre chose qu'heureux".

Une très bonne suggestion ou un très bon conseil à suivre si l'on ne tient pas compte des pressions et des cajoleries de la société. Un sentiment idéal mais difficile à mettre en œuvre dans la vie réelle, selon Ryan.

Les deux personnages principaux de ce drame étaient deux types de personnes différentes. Neil, beau, prospère, honnête et, dans une certaine mesure, certainement dévoué, avait été instrumentalisé par la personne qu'il croyait l'avoir aimé. On ne devrait pas parler de malheur pour une émotion comme l'amour, mais c'est pourtant ce qui se passe dans un pays où les relations homosexuelles sont encore taboues, interdites ou sujettes à rire. La personne aime autant, voire plus, que dans une relation hétérosexuelle, mais il y a peu de chances qu'elle s'exprime.

Rik n'a jamais aimé quelqu'un sincèrement, mais le plus inconstant des courtisans se fait forcément prendre, et c'est ce qui s'est passé avec Ibrar. Il a été contraint de jouer un double jeu, ce qu'il a bien fait dans une certaine mesure, mais tout ce qui est fait une fois ne peut être défait. C'est ce qui a causé sa perte. Mais même celui qui joue un double jeu peut être doublé. Ibrar s'est servi de lui et a décidé d'en venir à bout pour le garçon qu'il aimait, non pas physiquement mais sur un plan plus émotionnel.

Il avait entendu le verdict de l'affaire environ six mois plus tard, ce qui lui remit l'affaire en mémoire. L'école de médecine avait commencé à fonctionner et il avait été très occupé par la visite prochaine du NMC.

Dhrittiman Neogi avait été condamné à la prison à vie en raison de son âge, mais Rik avait été envoyé à la potence... de tels meurtriers de sang-froid, avait déclaré le juge dans ses commentaires, ne pouvaient être autorisés à vivre. Ibrar, en raison de son âge inférieur à dix-huit ans, s'en est relativement bien sorti. Il y a eu beaucoup de controverses car la loi sur l'âge de seize ans pour les crimes odieux était en cours d'élaboration, il ne restait que quelques formalités à remplir, mais c'était un trou suffisant par lequel le criminel s'est enfui. On a entendu parler de Neil pour la dernière fois dans un hôpital des environs de Hrishikesh, où il était parti pour se soigner de ses blessures et s'occuper des autres.

Le soleil se couche et la couleur vire au roux profond à Darjeeling alors que Ryan est assis sur le toit du restaurant Keventers. Toute la journée avait été brumeuse, mais comme cela arrive dans les collines, le ciel s'était éclairci vers le soir et tout était baigné d'une lumière qui semblait éthérée.

Ryan sirota le thé ; il était infusé au bon niveau. C'était la spécialité de ce restaurant centenaire situé sur le toit. La nuit tombait, le soleil avait disparu et le froid s'installait progressivement. L'ancien Ryan était de retour, il avait retrouvé sa force mentale. Il mit dans sa bouche le dernier morceau de gâteau et demanda l'addition. La vie devait continuer, même si la vie de certains avait changé à jamais. Ce que pensent les autres était le nœud du drame qui s'était déroulé. Rik avait peur que sa famille et le monde pensent qu'il n'était pas capable de porter un enfant et Dhrittiman Neogi, cet homme célèbre qui avait durement gagné sa vie, pensait que le monde commentait son déclin, tout se résumait à ce que les gens qui comptent peu dans votre vie pensaient de vous. Mais c'est probablement ainsi que nous sommes tous. Chercher l'approbation de la société quand il n'y en a pas besoin, c'est la nature humaine.

Ignorer ce que les autres pensent de vous n'était pas facile, Ryan lui-même n'y était pas parvenu, alors qui pouvait blâmer les autres. Il avait analysé... sur-analysé jusqu'à ce qu'il lui soit trop difficile d'aller plus loin. Il avait commencé à marcher vers l'hôtel, un exercice libère l'esprit, c'était la théorie... il devait être libre et avoir l'esprit clair... on dit qu'un bon batteur ne fait pas deux fois la même erreur.

www.ingramcontent.com/pod-product-compliance
Lightning Source LLC
LaVergne TN
LVHW041706070526
838199LV00045B/1222